Nofel newydd gan un o'r awduron mwyaf poblogaidd i'r arddegau ac i oedolion. Enillydd gwobr Tir na n-Og ddwywaith am *Annwyl Smotyn Bach* a *Stwff – Guto S. Tomos*. Daw Lleucu Roberts o Sir Aberteifi yn wreiddiol, ond mae'n byw yn Rhostryfan ers pedair blynedd ar ddeg ac yn fam i bedwar o blant.

Siarad

LLEUCU ROBERTS

y|Lolfa

Argraffiad cyntaf: 2011

Comisiynwyd y gyfrol hon gyda chymorth ariannol Adran Plant,
Addysg, Dysgu Gydol Oes a Sgiliau

Cynllun y clawr: Sion Ilar

Rhif Llyfr Rhyngwladol: 978 1 84771 346 9

Cyhoeddwyd ac argraffwyd yng Nghymru
gan Y Lolfa Cyf., Talybont, Ceredigion SY24 5HE
gwefan www.ylolfa.com
e-bost ylolfa@ylolfa.com
ffôn 01970 832 304
ffacs 832 782

Prolog

'Mamamamamamamamamamam!' Rhwygodd sgrech Marged y nos.

Rhwygodd drwy lenni'r tywyllwch a thrwy waliau'r tŷ.

Cododd Mair ar ei heistedd fel bollt yn ei gwely gan geisio penderfynu ai cynnyrch ei breuddwyd oedd sgrech Marged. Yna, daeth eto:

'Mam! Mam, Mam!' mwy herciog y tro hwn.

Lluchiodd Mair ei hochr hi i'r dwfe o'r ffordd a brysio i ystafell wely ei merch, gan daro'r switsh i oleuo'r ystafell. Rhuthrodd, ar frys i'w chyffwrdd, i'w chysuro, i'w thynnu o grafangau pa hunllef bynnag oedd wedi tarfu arni.

'He-ei! Ma Mam yma, hunlle ti'n ga'l, cariad bach, dim byd gwaeth na hynny.'

Agorodd Marged ei llygaid a gwenodd Mair yn gariadus arni cyn ei gwasgu ati'n dynn.

Yn wahanol i Siôn ei brawd, roedd Marged wedi bod yn un i gysgu'n drwm ers pan oedd yn blentyn bach, a'i chael hi'n anodd dihuno'n iawn o hunllefau. Diolchai Mair nad oedd hi'n eu cael nhw'n aml.

'Oedd e'n ofnadw,' meddai Marged gan wasgu ei phen i blygion arffed ei mam. 'Oedd 'na bwll yn llawn o ddŵr, ond dim dŵr oedd e, ond gwenwyn, ac o'n i'n gorfod nofio drwyddo fe a 'ngheg ar gau a'n llyged ar gau yn lle'i fod e'n dod mewn i fi, a wedyn dechreuodd y dŵr fynd yn fwy trwchus, nes bod hi'n anoddach ac yn anoddach nofio… Mam! Paid!' Anelodd Marged slap at lin Mair am fod honno wedi dechrau chwerthin. Chwerthin o gariad, a rhyddhad, wedi chwarter eiliad cyntaf sgrech ei merch.

'Ond Marged fach, mae hi mor amlwg!'

'Na'di ddim!' pwdodd Marged gan wybod yn iawn fod ei mam yn llygad ei lle. Ddydd Mercher, byddai'n cynrychioli ei chlwb nofio mewn gala rhwng holl glybiau nofio'r ddinas. Er pan ofynnodd Mr Hyland iddi gystadlu ar y ras 400 metr dull broga, roedd pili-palod wedi bod yn chwarae'n wirion yn ei bol. Doedd hi ddim wedi dweud gair wrth ei mam am y nerfau ond, fel arfer, roedd ei mam yn gwybod yn barod.

'Dwi'n gallu deud arnat ti,' meddai Mair gan fwytho ysgwydd ei merch benfelen hardd. 'I be sy isio poeni? Mi nei di'n iawn. Fyddai Mr Hyland ddim wedi dy ddewis di tasa fo ddim yn meddwl hynny.'

'Wy lawer gwell am nofio ar 'y nghefn,' meddai Marged. 'Broga yw'n ail strôc waetha i.'

'Ddim dyna mae Mr Hyland yn feddwl, mae'n amlwg. Hei, ti'n cofio ti'n dechra nofio? Ti'n cofio'r holl droeon cynta 'na oedda chdi ofn cyn mynd yn agos at y dŵr?'

'Nagw,' meddai Marged.

'Wel, *dwi'n* cofio,' meddai Mair a dal i fagu'r fechan ddeuddeg oed yn ei breichiau, fel pe bai hi saith mlynedd yn iau, pan oedd arswyd rhag y dŵr yn gwneud nos Fawrth a'r wers nofio am chwech yn artaith iddi hi a'i mam. 'A wedyn, fel 'na, mi ddoist ti i nofio, ac yn fwy na hynny, i *licio* nofio. A dyna pam wyt ti cystal heddiw. Dal ati, ti'n gweld, dyna naethon ni 'nde? Dal i fynd i'r gwersi, a mi ddoist. A mi nei di'r un peth eto. Fydda i yno efo ti dydd Mercher, ocê? Ga i ddod o'r gwaith yn gynnar, dwi 'di gofyn yn barod, a gei di feddwl am y ras fatha'r tro cynta 'na roist ti'r ofn i gyd y tu ôl i ti a mynd i'r dŵr a gadael fynd.'

'Wy'm yn cofio,' meddai Marged a chwarddodd Mair a rhoi cusan ar bont ei thrwyn.

'Na, wel. Mi fydda i yna, Mars. Ras ydi hi, 'na i gyd. Dim byd i boeni amdani. Mi nei di'n iawn, fatha medri di neud unrhyw beth ond i ti roi dy feddwl ar y peth. A mi fydda i yna. Hefo'n gilydd, be fedar fynd o'i le?'

Roedd amrannau Marged eisoes wedi trymhau ac yn colli'r frwydr â chwsg. Yn ofalus, tynnodd Mair yn rhydd oddi wrthi, a rhoi ei llaw drwy wallt ei merch. Mae hi mor hawdd cael gwared ar eu hunllefau a'u hofnau bach nhw, meddyliodd. O'r holl bethau eraill, meddyliodd Mair, dyma'r peth gorau am fod yn fam – y gallu i gysuro, i dawelu'r storm, i droi'r trist yn hapus. Mor hawdd yw newid hwyliau plant, mor rhwydd yw gofalu amdanynt. Gair yn ei le, i'w lyncu'n ddigwestiwn gan y bach annwyl, a diflannai'r bwystfilod yn ddim o flaen eu llygaid.

Gwyddai Mair y byddai Marged wedi hen anghofio'r hunllef erbyn y bore.

*

Roedd diwrnod o wyliau gan Mair drannoeth. Diwrnod i glirio'r atig, dyna oedd y bwriad. Cael gwared ar lanast blynyddoedd a hen deganau roedd y plant wedi tyfu'n rhy hen i chwarae â nhw ers talwm iawn. Gwnaeth frecwast i Siôn a Marged heb drafferthu i newid o'i gŵn nos.

Holodd hi Marged a oedd hi'n iawn pan ymddangosodd y ferch, wedi gwisgo, yn y gegin.

'Ydw, siŵr,' meddai Marged yn ddidaro. Penderfynodd Mair beidio â sôn am yr hunllef rhag atgoffa Marged amdani'n ddiangen.

'Be am seiclo darn o Lwybr y Taf penwthnos 'ma?' gofynnodd Mair gan fwytho'i phaned.

'Fydd y dail yn grensiog?' holodd Marged gan grensian ei brecwast.

'Byddan, rhei,' ystyriodd Mair. Anodd gwybod y dyddiau hyn. Roedd naws hydrefol wedi bod arni ers dechrau mis Awst.

Daeth Siôn a John i'r gegin.

'Dow, oedd hynna'n eitha sydyn,' canmolodd Mair ei mab, a daliodd ystum John y tu ôl i Siôn, a fradychai mai trwy ei ddyfal bwyso ef y daethai Siôn yn barod yn gynt na'r arfer. Gwenodd Mair ar Siôn.

'Be?' Gwyddai'r bachgen fod 'na dynnu coes ar ei draul yn rhywle .

Estynnodd John am afal o'r fowlen ar y bwrdd a sylwodd Mair am y tro cyntaf ei fod yn gwisgo'i drowsus byr a'i drênars tyllog yn barod am jog, fel y gwnâi unwaith yn y pedwar gwynt. Anelodd John am allan.

'Paid â tharo ar neb wyt ti'n nabod, 'mwyn dyn,' meddai Mair. Atgoffodd hynny John am ryw reswm nad oedd e wedi rhoi sws iddi. Lonciodd yn ei ôl ar hyd y cyntedd a'i goglais am ei herio. Rhoddodd gusan lawn arddeliad iddi ar ei gwefus, cyn loncian eto i gyfeiriad y stryd.

'Rho sirial yn y fowlen a rho laeth ar 'i ben e!' gorchmynnodd Marged i'w brawd. 'Yn daclus!'

Mini-me go iawn, gwenodd Mair wrthi ei hun.

Byddai John yn ei ôl ymhen hanner awr wedi ymlâdd a'n chwysu nes bod rhaid cael cawod. Gallai hithau wneud â chawod hefyd, meddyliodd Mair, gan gnoi ei gwefus isaf, a phenderfynodd beidio â newid o'i gŵn nos am y tro.

Ar ôl rhoi sws ta-ta i Marged a Siôn ar garreg y drws a gwylio Siôn yn cerdded i'r ysgol fach i'r dde, a Marged i'r ysgol fawr i'r chwith, aeth Mair yn ei hôl i'r gegin i arllwys paned arall o'r tebot. Clywodd y teledu'n diddanu ei hun yn y lolfa. Cododd hosan Siôn oddi ar deils llawr y cyntedd Fictoraidd, a dal chwa o'i haroglau nes gwneud iddi grychu ei thrwyn. Diolchodd nad Marged a'i gwelodd; byddai hi wedi rhoi pryd o dafod i'w brawd bach am luchio'i sanau drellwyd i bob man. Gwenodd Mair wrthi ei hun wrth feddwl bod Marged eisoes yn dangos arwyddion arddegol, gyda'i sylw cyson i lendid, a'r amser cynyddol a dreuliai yn y gawod. Buan y dôi Siôn wedyn… ond fedrai Mair ddim dychmygu Siôn yn llanc yn ei arddegau. Babi Mam oedd ef o hyd, diolch byth, a Marged a hi yn fwy o ffrindiau gorau, partneriaid fraich ym mraich yn nhrefn gyfforddus eu teulu bach twt. 'Y paciad M&M's' fel oedd John wedi dechrau eu galw nhw ill dwy.

Cofiodd Mair ei bod hi wedi addo mynd â Marged i siopa ryw noson i brynu ei bra cyntaf i'w merch. Heno, falle, meddyliodd; aen nhw ddim nos fory a'r gala'n dechrau am bedwar, a da o beth fyddai mynd cyn y penwythnos er mwyn gadael dydd Sadwrn yn rhydd i bethau mwy difyr na siopa. Aeth ymchwydd o gariad drwyddi wrth feddwl am y bwndel bach o Farged lond ei breichiau unwaith, bellach ar drothwy glaslencyndod. Go brin y byddai angen i'r dilledyn newydd lafurio'n galed iawn am fisoedd eto, meddyliodd gan chwerthin yn uchel, ond roedd Sandy ei ffrind wedi cael bra, a Marged ar dân eisiau bod yn ddynes hefyd.

Yn lle malu cachu gwirion rhyw raglen clirio'r atig neu ffraeo stiwdio, roedd ffilm ar y teledu yn y lolfa. Rhaid bod Marged wedi'i droi ymlaen yn gefndir o barablu tra oedd hi'n gwisgo, meddyliodd Mair, a pha well cefndir na ffilm?

Ond ymhen dim, roedd ymennydd Mair wedi gweld nad ffilm oedd ar y teledu wedi'r cyfan, nad stori, ond gwirionedd newyddion. Am fod stribyn llydan coch yn teithio dros waelod y sgrin, deallodd fod tŵr ag awyren yn sticio allan ohono yn bodoli yn rhywle go *iawn*.

'Awyren 'di mynd i mewn i dŵr yn New York!' galwodd ar John pan glywodd hi'r drws, heb gymaint â throi ei phen i gyfeirio'i llais tuag ato. 'Uffernol 'de, bechod.'

Wnaeth Mair ddim tynnu arno na lwyddodd i roi

mwy nag ugain munud i'w chwiw rhedeg. Roedd hi'n dal i bendroni sut oedd peilot yn gallu gwneud y fath boetsh o bethau nes ei fod yn taro tŵr. Mi fyddai Mair yn meddwl ddwywaith cyn mynd ar awyren eto, wir, a pheilotiaid yn gallu gwneud camgymeriadau mor drychinebus, ond go brin y byddai'r fath ddamwain yn digwydd eto byth.

Dweud 'Be?' oedd John yn nrws y lolfa pan aeth yr ail awyren i mewn i'r ail dŵr, wrth i glamp afael yn stumog Mair ac yn llwnc John, fel pe bai amser yn yr ystafell wedi hician unwaith cyn bwrw yn ei flaen fel arfer.

Rywdro wedyn, aeth John i estyn pâr o jîns iddi a chrys chwys, fel na fyddai'n rhaid iddi golli eiliad. Gwisgodd hithau o flaen y sgrin, a daeth yntau â phaned arall iddi hi, ac un iddo yntau, a mentrodd y ddau, yn y diwedd, i eistedd ar y soffa, gan deimlo'n anghyfforddus eu bod nhw'n gwneud hynny, am ryw reswm – am fod dechrau diwedd y byd ar y teledu efallai, a nhwythau'n sipian paneidiau ar eu tinau.

A dyna pryd, eiliadau wedi iddyn nhw eistedd, y disgynnodd y tŵr cyntaf.

'Swn i'n licio sa'r plant yn dod adra,' meddai hi yn y pnawn. 'Adra 'di'u lle nhw pan ma petha fel hyn yn digwydd.'

'Mi ddown nhw,' meddai John gan rythu ar y tân lle bu'r tyrau, a synnu at y modd mae realiti bob amser yn drech na dychymyg.

'Decstia i Marged,' meddai hi.

'Os 'di'i ffôn hi efo hi,' meddai ef.

Ty'd adra'n syth o'r ysgol, Mars. Send.

Daeth Siôn a Marged adre o'r ysgol, i gwtsh tynnach nag arfer Mair, i wylio'r teledu, nes i'r ddau fach 'laru a mynd i chwarae gêmau llai erchyll ar gyfrifiaduron, a gadael eu rhieni'n dal i wylio'r un ffilm.

*

Gwyddai ei bod hi'n hwyr. Roedd hi wedi llusgo'i thraed yn rhy hir wrth wisgo'i cholur o flaen y bocs. Byddai oriau hyblyg yn troi'n oriau gorfodol cyn iddi lwyddo i barcio'r car, rhedeg o'r maes parcio at un o ddrysau ôl yr adeilad oedd yn gartref dros dro i'r Cynulliad newydd. Tynnodd ei cherdyn adnabod drwy'r peiriant i ddynodi mai hi oedd hi. Faint o amser eto fyddai'n rhaid iddi weithio yno cyn i'r adeilad ddod i'w nabod?

Roedd lluniau ddoe wedi ei rhwydo ar ei gwaethaf, er ei bod hi'n casáu'r ffaith ei bod hi eisiau gwybod y cyfan am yr hyn a ddigwyddodd, y manylion erchyll oll i gyd. Wrth gwrs, roedd y teledu'n fwy na pharod i'w cynnig iddi. Clywodd am alwadau ffôn o'r tyrau, yn mynegi cariad na allai newid dim byd o gwbwl, y grym lleia un. Câi cwymp y tyrau ei ailadrodd o hyd ac o hyd fel pe bai i ailgynnau'r arswyd cyntaf a deimlodd pob tyst wrth weld adeiladau a bywydau'n troi'n llwch. Un twr, wedyn un arall.

Dyna a'i gwnaeth hi'r stori orau, yn hytrach nag yn stori dda, meddyliodd Mair wrth yrru'n rhy gyflym ar hyd Rhodfa Lloyd George: yr ailadrodd i bwrpas. Un awyren, i godi ofn – ond mae damweiniau erchyll yn digwydd. Yna'r ail, i sodro gwybod ar ôl chwarae ar ymylon dweud bod yma weithred fwriadus. Tŵr yn disgyn wedyn, a'r holl eneidiau yn ei gwymp, a'r dal gwynt cyn i'r ail ei ddilyn – pryd? Wedyn, clywed bod awyren arall ac un arall, a'r ddwy'n cario straeon gwell nag unrhyw ffuglen yn eu crombil, amrywiadau ar y thema, stori o fewn stori, haenau'n agor, a'r ffilm yn dal i fynd, yn offrwm heb ddiwedd ar ei harswyd, nac arwydd o ddiflasu.

Roedd ddoe wedi ysgwyd y byd. Nid dyna'r tro cyntaf i gyflafan ddigwydd, ystyriodd: marw yw marw yn Fietnam, yn Nagasaki, a llefydd eraill yr un fath. A gwyddai ar yr un pryd, mai'r gyflafan hon yn llygad y camera oedd yn ei gwneud hi'r hyn oedd hi. Fel y goeden sy'n cwympo mewn jyngl a neb yno i'w chlywed hi'n cwympo – ydi hi'n gwneud sŵn? A yw marw di-dyst yn llai pwysig na marw yn llygad y byd?

Parciodd Mair yn flêr a heb wastraffu amser ar barcio'n well; mae pethau gwaeth na pharcio gwael, meddai wrthi ei hun.

Rhedodd at y drws a chofio'n sydyn na allai weithio'n hwyr heno i wneud iawn am fod yn hwyr bore 'ma; roedd hi wedi addo bod yn y gala am bedwar i wylio Marged yn nofio. Rhaid fyddai gadael am hanner awr wedi tri fan bellaf. Câi penaethiaid yr adran weinyddol fynd i'r diawl: ei theulu a ddôi'n gyntaf. Go brin na allai uchelswyddogion y Cynulliad ddeall hynny, heddiw o bob diwrnod.

Erbyn iddi gyrraedd ei desg, roedd hi wedi ymlâdd. Logiodd i mewn i'w chyfrifiadur. Roedd hi wedi bwriadu, ac wedi anghofio, taro'i phen rownd drws yr ystafell gyfieithu i weld a oedd Gwenda wedi cyrraedd. Byddai'r ddwy fel arfer yn rhannu lifft i'r gwaith ond roedd Mair wedi dweud wrth Gwenda i fynd yn ei blaen hebddi bore 'ma am ei bod hi'n mynd i orfod gadael yn gynnar am y gala. Roedd hi hefyd eisiau dal ati gyn hired â phosib i wylio ddoe ar y bocs. Byddai Gwenda eisoes wedi bod yn ei gwaith yn ddigon hir i haeddu toriad paned a ffag, debyg.

Aeth Mair i'w blwch e-byst yn gynta, yn ôl ei harfer, cyn troi at ei gwaith. Dileodd bedwar sbam, a thynnu ei chadair yn agosach i geisio edrych fel pe bai hi wedi bod yno ers oriau, a hithau'n gwybod yn iawn nad oedd hi'n twyllo neb o'r pedwar pâr arall o lygaid a weithiai'n gydwybodol ar eu cyfrifiaduron.

Roedd hi'n ymwybodol fod dau heddwas wedi dod i mewn i'r ystafell ac wrthi'n siarad â swyddog yn y pen arall, ond prin fod y peth wedi gadael argraff arni go iawn. Felly, pan gododd ei phen wrth sylweddoli fod y ddau'n sefyll wrth ei desg, dychrynodd Mair drwyddi.

Oedd hi wedi gyrru'n rhy gyflym, neu a oedd y parcio mor echrydus o flêr nes bod rhaid anfon rhywun i'w harestio'n syth bìn? Ond gwyddai, wrth ei feddwl, mai gobeithio hynny oedd hi, nid meddwl mai dyna oedd yn digwydd go iawn. Roedd rhywbeth yn ystum y ddau a wnaeth iddi lyncu ei phoer.

'Mair Mathews?' Nodiodd ei phen. 'I'm sorry to have to inform you...'

Teimlodd Mair ei hun yn gwegian. Ac yna clywodd, yn raddol raddol fel y tyrau'n disgyn ddoe, fod Marged wedi cael ei tharo gan gar wrth groesi'r stryd heb fod yn bell o'r ysgol.

Clywodd Mair hi'i hun yn holi pob cwestiwn ar unwaith, heb wneud unrhyw synnwyr – faint, ydi hi'n iawn, be sy, lle ma'i, pa mor ddrwg – a da o beth oedd hi fod yr heddwas a roesai wybod iddi am y ddamwain wedi gwneud hyn o'r blaen, yn wir wedi bod ar gwrs deuddydd ar Gyfathrebu â'r Cyhoedd, ac yn gwybod cyn iddi leisio'i phryder dryslyd, beth i'w ddweud.

Roedden nhw wedi mynd â hi i Ysbyty'r Brifysgol, meddai, ac roedd hi'n cael pob gofal. Anelodd Mair am allan, am y car, am yr ysbyty, am Marged, ond roedd yr heddwas arall wedi gafael yn ei braich.

'Awn ni â chi,' meddai yn Saesneg.

Cymerodd oes i'r car deithio ar draws y ddinas a cheisiodd Mair gadw rhag sgrechian arnyn nhw i roi'r golau glas ymlaen er mwyn pasio'r traffig, hedfan trwy olau coch; yn lle hynny, holodd fwy a mwy o gwestiynau.

Cafodd glywed bod y ddau blismon eisoes wedi bod yn y tŷ – rhaid mai newydd eu methu wnaeth hi – a bod John wedi mynd yn syth i'r ysbyty. Diolchodd Mair am hynny; byddai un o'i rhieni yno i Marged, rhag i'r un fach ddychryn mewn lle dieithr. Cofiodd am y gala nofio, a'i hatgoffa'i hun i ffonio Mr Hyland i roi gwybod iddo na fyddai Marged yno, y beth fach, y beth fach. A'r holl nyrfs 'na – i beth?

Holodd hi'r heddweision eto pa mor ddrwg oedd Marged wedi brifo, ac unwaith eto, dywedodd yr heddwas oedd yn gyrru nad oedden nhw'n gwybod yn iawn, ond eu bod nhw angen cysylltu â rhieni'r ferch fach i ddod ar unwaith – a dim ond gobeithio na fydd hi'n rhy ddrwg, ynde? Am i Mair geisio peidio poeni, y byddai pob dim yn iawn, y bydden nhw yno toc. A theimlodd Mair ychydig bach yn well am eu bod nhw'n swnio fel pe bai pob dim dan reolaeth.

Gwthiodd Mair gwestiwn arall i gefn ei phen o'r ffordd: pam oedden nhw wedi mynnu dod â hi yn lle gadael iddi yrru ei hun?

Bachodd yn rhydd o gwmni'r ddau ar ôl mynd i mewn drwy ddrws yr adran ddamweiniau, a rhedeg ar hyd y coridor. Fu hi ddim yn hir cyn taro ar nyrs wrth ddrws stafell yn y pen draw. Yn rhyfedd iawn, roedd hi fel pe bai hi'n disgwyl Mair, yn dod ati a'i dwylo ar led, yn estyn ati a'i gwahodd i'r stafell, gan agor y drws yr un pryd. Ac i mewn â hi at John a oedd yn sefyll yno ar goll yn llwyr, yn lled-droi'n ddiddeall yn ei unfan, fel dyn dwywaith ei oed oedd wedi anghofio pwy ydoedd.

Disgynnodd llygaid Mair ar ddafn bach bach o waed ar ei grys-T pŷg.

'Mae hi wedi marw,' meddai John wrthi.

*

Wrth iddi ddal i syllu ar y dafn bach o waed byw, a rhyfeddu sut y gallai John fod yn gwisgo crys-T mor bŷg a phethau mor dyngedfennol yn digwydd, trawodd ystyr geiriau John hi.

Roedden nhw wedi ymladd yn galed, meddai'r nyrs ar unwaith – rhag i Mair ddechrau sgrechian. Ddim digon caled, meddai John, gan ddymchwel i ddagrau o'i blaen. Disgynnodd Mair yn swp i gadair.

'Pam na sa ti 'di ffonio?' trodd Mair at John, a'i llais yn codi er y gwendid eithafol a lifai drwy ei chorff. 'Pam na sa rywun 'di deud?'

Roedd y ddau blismon wrth y drws. Aeth Mair atyn nhw a tharo brest yr un a roesai wybod iddi gynta, lawr yn y Bae, fod ei merch wedi bod mewn damwain, dim ond damwain fach: faint o farw sy'n bosib wrth gerdded i'r ysgol? Gafaelodd yr heddwas yn dyner yn ei breichiau i'w hatal; roedd wedi clywed am hyn ar y cwrs hefyd – saethu'r negesydd. Trodd Mair i ymosod ar John.

'Pam na sa ti 'di ffonio fi?' saethodd ato eto. 'Fi 'di'i mam hi! Fi ddylie fod 'ma!'

'O'n i 'ma, o'n i hefo hi, fedrwn i'm dy ffonio di, o'n i hefo Marged.'

Camodd y nyrs ati a chael cefn llaw Mair ar draws ei braich; nid yn fwriadol, roedd Mair y tu hwnt i allu bwriadu dim.

'Fi oedd i fod hefo hi! Fi 'di'i mam hi! Fi sy fod hefo hi pan mae petha felma'n digwydd! Fi mae hi isio!'

Llwyddodd y nyrs a'r heddwas i afael amdani a sibrwd geiriau cysur na chlywai Mair.

'Liciech chi fynd i'w gweld hi?' holodd y nyrs ymhen ychydig.

A John yn dal un fraich a'r nyrs yn dal y llall, syllodd Mair drwy ei dagrau ar wyneb llonydd Marged, heb farc o gwbwl arno ar wahân i gwt bach ar ochr ei phen lle roedd dafn bach o waed wedi sychu.

Edrychai fel pe bai hi'n cysgu'n drwm – cwsg dihunllef.

*

Croesi'r lôn at Sandy ei ffrind oedd Marged, cafodd Mair a John glywed wedyn. Croesi'r lôn rhwng dau gar heb edrych, a char arall yn teithio a'i tharo.

Wedyn, bu Mair wrthi'n hir yn ceisio gwasgu synnwyr o'r anhrefn, fel y byddai rhywun. Ceisiodd fynnu bod yr heddlu'n dwyn achos yn erbyn y gyrrwr a laddodd ei merch, ond roedd eu harchwiliadau a chamerâu cylch cyfyng, llygad-dystion a phob dafn o dystiolaeth fforensig yn dangos nad oedd gyrrwr y car yn troseddu.

'Tasa Sandy heb alw arni…' dechreuodd Mair leisio amrywiad gwahanol un noson, fisoedd wedyn, wrth droi am ei gwely.

Gafaelodd John yn ei breichiau. 'Plis dyro gora iddi!' meddai wrthi'n siarp ar ôl dioddef wythnosau yng nghwmni 'petasa'.

Tua'r adeg honno y dechreuodd Mair siarad â Marged yn lle drysu'r byw â chwestiynau heb ateb.

RHAN UN

1.

Pe bai'r teledu yng nghegin 15, Heol Sussex, y Waun, Caerdydd yn sbio ar y teulu yn ogystal â'r ffordd arall rownd, dyma fyddai'n ei gofnodi:

Mae hi wrthi eto, yn siarad â'r ferch. Siarad dan ei gwynt yn rhibidires.

Swn i 'di deuthi am 'i heglu hi o'r tŷ ers talwm iawn. A sgynni hi'm syniad pwy 'di'r tad tro yma eto.

Mae hi'n tynnu dau bryd bwyd parod allan o'r cydau plastig a dynnodd o'r rhewgell, ac yn lluchio'r bocsys carbord i'r bin ailgylchu yn y gongl. Mae hi'n agor drôr ac yn estyn fforc. Mae'n tyllu'r plastig tyn dros y prydau parod. Pop, pop, pop... pop, pop, pop... pop, pop, pop...

Sa chdi'n dwad adra a deutha fi bo chdi'n disgwl babi, swn i'n deud hi'n iawn wrtha chdi... nela chdi mono fo eto, ga i fentro deud.

Mae hi bron â lluchio'r fforc i'r bin at y cydau plastig a'r bocsys carbord cyn sylweddoli beth mae hi'n ei wneud. Lluchia'r fforc i'r sinc.

Fydd hwn yn ddigon i dy dad, tybed? Ella sa well i fi roid chips i mewn hefyd, i'w gadw fo rhag llwgu. Be 'na i 'da? Chips popty 'ta chips meicrowêf?

*

''Da pwy ti'n siarad?' meddai Gwenda wrthi, er ei bod hi'n gwybod yn iawn. Caeodd ddrws y cefn ar ei hôl.

'Ddychrynist ti fi,' meddai Mair yn ddigyffro.

''Da pwy ti'n siarad?' gofynnodd Gwenda eto. Mae'n bwysig ei bod hi'n gwbod beth mae hi'n neud, meddyliodd, yn ymwybodol â phwy mae hi'n siarad. Wiw iddi wneud heb wybod ei bod hi'n gwneud.

'Neb. Fi'n hun ma'n siŵr,' atebodd Mair yn amddiffynnol ac, unwaith eto, ildiodd Gwenda'r cyfle i grafu dan yr wyneb. 'Chips ffwrn,' meddai, i ateb cwestiwn ei ffrind. 'Chips ffwrn lawer neisach na chips meicrowêf. Mwy o dato.'

Tynnodd Mair gwdyn o chips o'r rhewgell, cyn eu gosod ar dun a throi'r nobyn ar y ffwrn. 'Be ti 'di bo'n neud?'

'Whilo am Sex in the City,' meddai Gwenda. 'Y ddiweddara.'

'Duw, i be?' holodd Mair yn ddidaro. ''Mond lladd arni ma pobol ar y we.'

'Ddim i fi mae hi. Sara ofynnodd amdani'n bresant pen-blwydd.'

'Deg ydi hi, ia ddim?'

'Deuddeg. A laddith 'i mam hi fi.'

''Na fo 'ta. End of.'

'Ond 'na beth ofynnodd Sara i fi amdano fe.'

'Deud wrthi bod hi'n dda i ddim. Be sy'n bod arni? Ma'r genod yn Sex in the City 'run oed â'i nain hi.'

'Mam-gu, plis. A ma un neu ddwy 'no nhw'n hŷn na fi, sai'n ame.'

Taflodd Mair edrychiad amheus draw ati. 'Dos ar y we. Fydd hi yma cyn diwedd diwrnod gwaith drennydd.'

'Nawr wy moyn hi, ddim cyn diwedd diwrnod gwaith drennydd.'

'Pawb isio bob dim rŵan.'

Meddai *hi*, meddyliodd Gwenda, hi sy'n byw a bod o flaen sgrin deledu neu'n sownd ar y we. Sawl gwaith dros y blynyddoedd roedd Gwenda wedi gofyn iddi ddod i siopa? Ugain munud o gerdded roedd rhwng Heol Sussex a chanol Caerdydd. Diwrnod bach iddyn nhw. Dim dynion, dim gwaith, dim cyfrifiadur, dim teledu.

'Ma'i phen-blwydd hi fory. Arian wy'n rhoi iddi, ond ma hi wedi gofyn am ddî fî dî hefyd.'

'A 'di Miriam ddim yn fodlon. Ddyliet ti ddim mynd rhwng y ferch a'i mam.'

'Sai'n neud shwt beth.' Ond caeodd Gwenda ei cheg rhag dadlau rhagor a chymell meddyliau am famau a'u merched.

Newidiodd Mair y pwnc heb gymryd arni mai dyna oedd hi'n ei wneud. 'Hei, be ti'n feddwl o Shirley?'

Disgleiriai ei llygaid wrth wylio wyneb Gwenda am ymateb. Pwy ddiawch oedd ganddi nawr, meddyliodd Gwenda.

'Shirley *Village Green*.'

Ceisiodd Gwenda wisgo diddordeb ar ei hwyneb ond câi drafferth i'w gael i hongian yn iawn.

'Ma hi 'di deud wrth 'i mam bod hi'n disgwl eto. Ddylsa honno fod wedi'i lluchio hi allan o'r tŷ, y jolpan wirion.'

'Ddyle hi fod wedi neud 'ny ers ache.' Chwarae'r gêm, dyna'r unig ffordd, meddyliodd Gwenda. Rhoi diddordeb yn anrheg iddi. Ffug ddiddordeb, ie, ond byddai hynny'n ddigon i gynnal Mair. Dyna yw hanfod y gêm.

'Wel, na'th hi ddim. Mond deuthi ella sa well tasa hi'n trio meddwl pwy fedra'r tad fod, Scott 'ta Clive, a thynnu'i bys allan os 'di isio ca'l 'i warad o eto.'

'Ail dro iddi?' Doedd Gwenda ddim mor anwybodus â hynny ynglŷn â hynt a helyntion y dramâu sebon chwaith, ond doedden nhw ddim yn ffisig dyddiol. Tebycach i bilsen homeopathig ddiwerth y byddai rhywun yn ei chymryd mewn ffydd, nes anghofio gwneud. Sylwi ymhen amser hir wedyn ar y botel ym mhellafion cwpwrdd yr ystafell ymolchi. A disgyn i'r fagl a phrynu poteleid arall, ar ôl anghofio mai anghofio'u cymryd fu diwedd y daith y tro diwethaf, a'r tro cynt.

'Trydydd.' Gydag afiaith yn pefrio drwy ei llygaid a'i llais. 'Trydydd!' Octef yn uwch. 'Meddylia!'

'Wy byth yn edrych ar *Village Green*,' meddai Gwenda. Gweld bywyd yn fyr oedd hi bellach, yn llawer rhy fyr i fynd i fyw bywydau pobol eraill.

'Paid â malu, dwi 'di bod acw droeon pan mae o 'mlaen gin ti.' Disgleiriai llygaid Mair â sicrwydd y cyfiawn.

''I droi fe 'mla'n i *ti* wy'n neud.'

Cymryd ati wnaeth Mair. Trodd ei chefn i estyn platiau o'r cwpwrdd.

'Ddaw 'na ddim byd ond trwbwl i'r Shirley 'na,'

meddai Gwenda wedyn gan geisio dangos diddordeb er mwyn tynnu Mair o bydew pŵd.

''Na fo, mi wyt ti *yn* sbio arno fo, 'lly.'

Gwenodd Gwenda'n llywaeth i gydnabod ei gwendid.

'Withe.'

'Swn i'n Shirley, swn i'n cadw'r babi tro yma, 'cofn iddi fethu cael mwy.'

'Iesu Grist bach, anghofia am Shirley Compton am un funud!' Doedd dim diwedd i'r sgwrsio am straeon, meddyliodd Gwenda, dim pall ar siarad am siarâd.

'Fedra i ddim,' meddai Mair yn boenus. 'Oedd o'n gymint o *sioc*.'

Cododd a rhoi'r *chips* yn y ffwrn er nad oedd y gwres wedi cyrraedd dau gant eto. Estynnodd dri phaced o gyrri parod WeightWatchers o'r rhewgell.

'Odi John yn byta stwff WeightWatchers i ti?'

'Yndi. Dwi'n 'i roid o allan ar blât iddo fo a deud mai un Iceland ydi o. Neith hi'm drwg iddo fo golli pwys neu ddau, a tydi o byth yn mynd ar y *treadmill* 'na.'

'Beth am Siôn? Crwt ar 'i brifiant...?'

'Swn i'n medru rhoid cig gwylan iddo fo efo tam' bach o *chips* a fysa fo ddim callach. Ma'i ben o'n sownd yn y compiwtars 'na drw dydd. A be bynnag, faint o galorïa mae o'n llosgi'n ista'n 'i stafell o flaen sgrinia?'

''I fys bawd e siŵr o fod yn mynd trwy yffach o lot,' meddai Gwenda.

'O leia tydi o ddim i mewn i'r drygs 'ma fatha Kevin Hodges,' meddai Mair. Crychodd Gwenda ei thalcen wrth geisio meddwl pwy oedd ganddi nawr. 'Mab Sylvia Hodges? *Albert Street?*'

'Sai wedi gweld hwnnw ers ache,' ildiodd Gwenda, am fod hynny'n haws. 'I ble a'th e, gwed?'

'Ffwr' i Ostrelia i ddŵad drosd 'i *addiction*.'

'Sdim drygs 'da nhw'n Ostrelia 'te?'

Edrychodd Mair arni'n ddiamynedd am ofyn y fath gwestiwn gwirion. Penderfynodd mai bod yn sarcastig oedd Gwenda a doedd hi ddim yn mynd i'w hiselhau ei hun drwy ymateb.

'Deuddeg oed,' meddai Mair.

'Ie,' meddai Gwenda'n ofalus. 'Amser yn hedfan.'

'Ydi a nadi,' meddai Mair. 'Braf,' meddai wedyn. 'Ca'l dy wyron o dy gwmpas di...'

'Wyres. Go brin ceith Robin fwy. A dyw hi ddim 'o nghwmpas i'. Yn Reading ma hi.'

'Ti'n gwbod be dwi'n feddwl. Sna'm siâp ar Siôn i 'ngneud i'n nain.'

Ddim tra'i fod e'n gaeth i sgrin cyfrifiadur, meddyliodd Mair.

'Gad iddo fe fennu yn coleg gynta, er mwyn dyn. A beth bynnag, pethe yn 'u sicstis yw mame-gu i fod.'

'*Ti*'m yn sicsti.'

'Gwmws.' Tynnodd Gwenda wyneb pwdlyd.

'Fydda i'n debycach i nainti ar y rât ma Siôn yn mynd.'

'Diolcha,' meddai Gwenda. 'Ma mwy i fywyd na phriodi a geni a...'

'A marw,' gorffennodd Mair drosti'n ddidaro, wrth

i Gwenda oedi. 'Oedd Dennis Horton arfar deud 'run peth.'

'Ti'n meddwl bo ti'n iawn am oes pan ti'n cwmpo mewn cariad,' meddai Gwenda i dynnu'r sgwrs yn ôl o fewn terfynau diogel ei thrafferthion ei hun yn hytrach na rhai Mair. Robin dwl, meddyliodd, Robin bach.

'Cyn iddo fo ga'l y ffling 'na hefo Lorraine.' Roedd Mair yn dal i fod gyda'r *Hortons*.

'Ma Robin a Miriam yn mynd drw' batsh bach...' mentrodd Gwenda brofi'r dyfroedd. Roedd hi'n awchu am rywun i wrando, ac roedd clustiau Mair yn well na dim clustiau o gwbwl. Hi oedd ei ffrind gorau – mewn enw, os nad mewn dim arall yn ddiweddar. Peth dwy ffordd yw cyfeillgarwch, a dim ond un lôn oedd ar agor rhyngddi a Mair ers blynyddoedd. 'Cweryla o hyd.'

''Ta hefo Susan Jay gafodd o'r ffling?' Doedd hi ddim yn gwrando.

'Mair!' Siarp. Rhaid gwneud iddi wrando. 'Ti'm yn gwrando.'

'Be oedda chdi'n ddeud?'

'Robin a Miriam.' Beth wnâi Gwenda? Beth *allai* hi ei wneud? Roedd hi'n treulio'i dyddiau a'i nosweithiau effro'n gofidio am fywyd priodasol ei mab, a dim oll o fewn ei gallu i rwystro'r anorfod.

'Ia, a Sara fach... '

'Ie.'

'*Albert Street*!' cofiodd Mair yn sydyn. 'Fydd o 'di dechra. Ty'd drwadd, ma'r teli mawr yn well.'

Roedd hi wedi neidio ar ei thraed ac wedi anelu am y lolfa.

2.

Yn y lolfa, byddai'r teledu, pe bai'n ymwybodol, yn deall ei fod wedi cael ei gynnau, wedi eiliadau o chwilio ffyrnig am y teclyn. A byddai'n gwybod ei fod yn cynnig arlwy iddyn nhw i rythu arno a diffodd y gweddill mawr yn eu pennau.

Gallen nhw glywed, pe baen nhw'n gwrando, fysedd John yn taro'r allweddell yn y stydi am y mur â nhw. Clic-clic-clic-clic-clic-clic-clic. Stop. Clic-clic-clic-clic-clic-clic-clic-clic-clic-clic.

Gallen nhw glywed, pe baen nhw'n gwrando'n fwy astud byth, fysedd Siôn i fyny grisiau'n taro'i allweddell yntau. Clic-clic-clic-clic-clic-clic-clic-clic-clic-clic-clic-clic-clic.

Ond doedden nhw ddim yn gwrando ar ddim ond y teledu yn pwmpio ei ddogn nosweithiol o sebon i lolfa Mair a John, i ymenyddau awchus y ddwy – un yn fwy awchus na'r llall. Sebon oedd y petrol a gadwai Mair i redeg.

Sebon a gadwai John i fynd hefyd. Dwy gyfres – un radio ac un deledu. Digon i'w cadw nhw ill tri mewn deunydd meicrodonadwy. Tolltai'r cyfan ar y sgrin drwy'r clic-clic, a byddai'n gwneud mân newidiadau o bryd i'w gilydd cyn clicio i'w anfon i ffwrdd am byth, fel ysgarthiad. A byddai'r cyfan yn tywallt yn ôl wedyn drwy'r teledu, ar ffurf wedi'i thrin, i'r lolfa, i'r ymenyddau ysig. Roedd byd John a Mair yn ddau hanner o roi a derbyn sebon.

Pe bai'r teledu yn fod ymwybodol gwelai, heibio i'r trochion, Mair yn tynnu ei chadair at y sgrin. Fe welai Gwenda'n cicio'i sodlau yn y drws am funud neu ddwy, cyn troi at ddrws y stydi gam neu ddau oddi wrthi yn y cyntedd, er mwyn tarfu ar lif y sebon yn y fan honno.

*

'Ti'n iawn?' gofynnodd Gwenda i John er mwyn bod yn serchog. Ond doedd John ddim yn clywed. 'John!'

Trodd yntau, gan geisio cuddio anniddigrwydd am ei bod hi wedi torri ar lif y gwaith. Yna, daeth y clician i stop.

'Ca'l llond bola ar *Albert Street*,' amneidiodd Gwenda i gyfeiriad y lolfa. 'Ti'n gallu gweld o bell beth sy'n dod arno fe.'

'O.' Roedd John yn dal â'i feddwl ar ei waith, yn dal i redeg y ffilm ar fywydau pobol ffug. Roedd hi'n berffaith amlwg i Gwenda ei bod hi'n tarfu arno. Trodd yn ei ôl i deipio. Ceisiodd Gwenda benderfynu ai drwy anghwrteisi y gwnaethai hynny, neu a oedd e wir yn cael trafferth i atal llif ei stori?

Daeth llais Mair o'r lolfa, fel pe bai Gwenda'n dal i eistedd wrth ei hymyl o flaen y sgrin.

'Yli'r hogyn Jonathan 'na. Tydi o'n dderyn?'

Safodd Gwenda yn y drws i siarad â'r ddau, gan bwyso ar y ffrâm a hanner gwylio'r un bocs â Mair.

'Se fe'n stopo dwgyd, ynde,' meddai i ateb Mair.

''Dio'm 'di ca'l 'i *ddal* yn dwyn,' dadleuodd Mair.

'Fe geith,' meddai Gwenda.

'Dwi'm yn gwbod,' meddai Mair. 'Gynno fo ben da.'

'Ma'n nhw wastod yn ca'l 'u dala'n y diwedd,' meddai Gwenda'n ddoeth, gan droi at John, yr arbenigwr. 'Yn d'yn nhw, John?'

'Y?'

'Y rhei drwg wastod yn ca'l 'u dal,' meddai Gwenda. 'Fe gachith ar y gambren cyn i ti droi rownd. *Pentre Ni* neu *Stiwdants* ti'n gweitho arno fe?'

'*Pentre Ni.*'

'So ti'n ca'l llond bola ar roi trefen ar fywyde pobol erill?'

'Fawr o roi trefn, rhoi *an*hrefn yn 'gosach ati.' Hyn heb darfu ar lif y teipio. 'A ma'n rhoi pres yn banc.'

Gallai Gwenda deimlo'r 'dos o 'ma' yn yr awyr rhyngddyn nhw. Symudodd yn agosach ato i bipo dros ei ysgwydd ar y sgrin. Estynnodd John at y sgrin i'w throi oddi wrthi.

'Ddim *Pentre Ni* yw hwnna. Ar y we 'yt ti.'

'Ymchwil,' meddai John yn syth. Penderfynodd Gwenda mai gwell oedd gadael iddo a mynd 'nôl at Mair.

'Be am i ni'n dwy ddechre seiclo?' meddai Gwenda, wrth weld Jonathan *Albert Street* yn neidio ar gefn beic. 'Ymarfer yr hen gorpws 'ma cyn iddo fe roi'r gore iddi mas o ddiffyg iws, a cyn i fi ddechre edrych yn rhy debyg i fam-gu iawn.'

'Gin i'r *treadmill* i hynny,' atebodd Mair, a gallai Gwenda deimlo'r anniddigrwydd yn ei llais wrth geisio dilyn y stori ar y sgrin.

'Elli di gadw'n ffit *a* drychid ar yr olygfa ar gefen beic,' dadleuodd Gwenda. Daeth riff gorgyfarwydd *Albert Street* i ddynodi'r toriad.

'Ma John am roi golygfa i finna 'fyd.' Trodd Mair i edrych ar Gwenda'n fuddugoliaethus. 'Ma'n mynd i beintio ffenast y llofft sbâr. Fel bod gynnon ni rwbath i sbio arno fo wrth redag ar y *treadmill*,' cododd ei llais. 'Dwyt, John?'

'Y?' o'r stydi.

'Coed a mynydd a haul a bethma ar ffenast y llofft. Rwbath i sbio arno fo pan na fydd 'na'm byd i watsiad ar teli.'

3.

Roedd e ar y we, yn rhedeg drwy wefannau'r mudiadau gwrthglobaleiddio.

Siôn. Ugain oed, myfyriwr, penfelyn, tal, deinamig, a mân-flewiach meddal ysbeidiol yn cymylu amlinell ei ên.

Cymerodd seibiant o'i dyrchu gweol i yrru e-bost at Rachel, ei gariad, a oedd wedi mynd adre am y penwythnos i weld ei rhieni yn Abertawe:

Hia, Rache... manylion NY ar wefan Against the Current...

a chael ateb ymhen y funud:

Siôn – wyt ti wedi gweud 'to????????????

Ebychodd Siôn. Doedd e ddim yn hoff o'r pwysau a roddai hi arno. Nac oedd, doedd e ddim wedi dweud wrth ei fam y byddai e a Rachel, cyn Dolig, yn hedfan dros y 'pond' i brotestio, gyda miloedd o rai eraill, gobeithient, ar strydoedd Efrog Newydd.

'Ma'n bwysig fod rhywun yna i gynrychioli Cymru a'r Gymraeg,' meddai Siôn wrthi ym mar undeb y myfyrwyr fis ynghynt.

A'i syniad hi oedd mai nhw'u dau fyddai'r 'rhywun'.

Bellach, roedd Siôn yn falch mai dewis peidio denu trwbwl wnaeth e drwy ddianc yn rhy bell i goleg mewn dinas arall; cofrestrodd fel myfyriwr yn y Brifysgol adre yng Nghaerdydd. Pe bai e wedi penderfynu lledu ei adenydd ymhellach a gadael y nyth, gan fentro hau hadau storm ddomestig, go brin y byddai wedi cyfarfod â Rachel. Dewisodd aros gartre a theithio o'r Waun i'w ddarlithoedd dyddiol, gan gadw hwyliau ei fam o dan reolaeth.

Ni allai gwyno. Roedd dyddiau coleg wedi dod â chwa o awyr iach i'w fywyd er mai adre y dôi bob nos, bron, i orffwys ei ben. Gwnaethai ffrindiau o bob cwr o'r ddinas, rhai ohonyn nhw'n dal i fyw adre hefyd. Diolch i'r ffaith na fu angen iddo ddod i benderfyniad ynglŷn â pha brifysgol i fynd iddi – diolch i'w fam mewn geiriau eraill – roedd e wedi disgyn mewn cariad â'r ferch orau yn y byd, Rachel Evans o Abertawe.

Daliai i synnu ei fod wedi cael cymaint o rwydd hynt i fynd a dod o fflat Rachel hefyd, a threulio'r rhan fwyaf o'i amser yn ystod y tymor yno – gan ofalu bod ei fam yn gwybod lle roedd e ar unrhyw adeg o'r dydd neu'r nos drwy gyfrwng ei ffôn symudol. Diolchai hefyd nad oedd hi'n biwritanaidd ei hagwedd tuag at y 'cariad'.

Ond nawr, roedd y sôn am y brotest fawr yn Efrog Newydd ymhen pum mis i gyd-fynd â Chynhadledd Banc y Byd yn fanno, yn bygwth y statws cwo. Ni allai wrthod mynd. Yn un peth, byddai hynny'n ennyn llid Rachel, a hithau mor awyddus i fynd, mor frwd ag yntau dros sicrhau presenoldeb Cymry yn y mudiad gwrthglobaleiddio. Ac yntau wedi bod mor uchel ei gloch yng nghyfarfodydd yr undeb a Chymdeithas yr Iaith, yn datgan taw mynd â'r frwydr allan at weddill y byd oedd yr unig ffordd, asio'r frwydr iaith i'r darlun llawnach, dal dwylo gyda lleiafrifoedd eraill, ymladd y bwystfil *gyda'n gilydd*. Roedd eraill eisoes wrthi, ond roedd angen newid meddylfryd y Cymry, meddai, eu tynnu nhw i gyd allan o'u cecru mewnol, cyfeirio'r gŵyn at Efrog Newydd, Genefa, Madrid a Washington yn lle Llundain a Chaerdydd. Gwneud i'r byd wrando ar y gŵyn, meddai, er mwyn ymladd bygythiad globaleiddio i'r lleiafrifoedd, yr ieithoedd a oedd yr eiliad hon yn dirwyn i ben.

Yn dilyn cyflafan y tyrau, doedd gan y Gorllewin ddim mwy o amynedd â lleiafrifoedd tawel. Dau ddewis oedd yna: dod yn lleiafrif swnllyd (a'r unig sŵn gâi ei glywed oedd sŵn terfysgwyr), neu newid y nod yn gyfan gwbwl. Doedd 'na ddim peryg yn y byd y medrai Cymru fagu terfysgwyr fyddai'n ddigon uchel eu cloch i dynnu sylw Llundain, America... felly'r unig ffordd oedd iddi ymuno yn y brotest fyd-eang. Heddychiaeth a phrotest yn wyneb gwladwriaethau gorllewinol a fynnai ddal eu dwylo'n dynn dros eu clustiau...

Neu rywbeth fel 'na. Ond yn bendant – Efrog Newydd cyn diwedd y flwyddyn. Rachel ac yntau. Ac roedd hi'n hen bryd iddo ddweud wrth ei fam.

Penderfynodd anfon e-bost at Rachel i brynu amser:

Rache, soi'n hawdd. Drych, wy'n mynd i weud, wy jyst moyn dewis yr amser iawn. Wy wedi gweud wrthot ti mor anodd yw hi – soi'n gallu jyst GWEUD. Tria ddyall. Sai'n gwbod os daw hi byth dros Marged. A fel wy wedi treial gweuthot ti, mae'n cysylltu Marged 'da 9/11 shwt gyment. A 9/11 = NY, nage fe.

Ailfeddyliodd, cyn gwasgu DELETE a dileu'r e-bost.

Penderfynodd ohirio eto – ar Rachel a'i fam – a throdd at y rhestr yn ei ymyl a argraffwyd o grombil y cyfrifiadur, rhestr o enwau 50 cwmni mwyaf pwerus y byd.

*

Deng mlynedd bron, ers 9/11. Deng mlynedd bron ers 9/12, ond yr un oedd y ddau ddyddiad i Mair.

Iddi hi, roedd y lluniau o'r eneidiau'n neidio o ben y tyrau'n rhan o'r llun o wefusau'r plismon yn symud o'i blaen hi'n dweud am yr anafiadau dorrodd drwy gnawd Marged wrth i fetel y car ei thrywanu. Yr un oedd Marged â'r tair mil yn y tyrau, yr un oedd y bwlch. A'r un oedd y bwlch amser.

A'r un oedd yr ofn bod yr unig beth sy'n aros i Mair ar fin darfod.

Darllenodd – rywfaint – am y bygythion a'r ofnau a ddaeth wedyn yn y papurau. I Mair, crisialai hynny'r cyfan, fel y llaw hir, ddu, ddieflig a geisiai gipio'r gweddill oddi wrthi fel yr anghenfil a gipiodd Pryderi a gadael Rhiannon heb ddim. Allan yn y fan yna roedd yr anghenfil a oedd eisiau cipio Siôn, rŵan bod Marged wedi mynd. Rhaid cau'r drws, ei folltio, a byw yn y bocsys.

Ceisiodd Siôn gerdded drwy'r drws oddi wrthi, fel yr anogai Rachel ef i wneud. Ond Siôn oedd yn clywed ei fam yn mwmian siarad â Marged fel pe bai hi'n dal i fod yn y stafell gyda hi; yn gorfod tecstio'i ffôn hi wrth iddo adael darlith er mwyn nodi ei union leoliad ac union leoliad ei gyrchfan, rhag i dyrau Caerdydd ddechrau glawio am ei ben, rhag i'r ceir ddechrau gyrru eu hunain drwy'r rhai hynny o boblogaeth y ddinas oedd y tu allan i'w bocsys.

*

Daeth Mair â hambwrdd o'r gegin, drwy'r lolfa, ac i'r stydi. Gosododd ef, a'i ymborth meicrodonedig (a *chips* ffwrn) gerbron John, ei gŵr ers bron i chwarter canrif. Ni throdd ei ben oddi wrth y sgrin, na diolch iddi. Ni ddywedodd hithau air.

Dim ond dychwelyd i'r gegin, a theithio eto, heibio i Gwenda a oedd yn dal i sefyll rhwng y lolfa a'r pasej a'r stydi, gan gario hambwrdd arall a'r un ymborth meicrodonedig, i fyny'r grisiau i stafell ei mab.

Ni throdd hwnnw ei ben oddi wrth ei sgrin yntau chwaith, na diolch iddi.

Doedd hi ddim yn disgwyl unrhyw beth gwahanol. Dychwelodd i'r lolfa wrth i *Pentre Ni* – y tro hwn – gychwyn wedi'r ddogn o hysbysebion.

4.

Byddai Gwenda wedi cyfaddef yn syth mai sbecian oedd hi. Roedd Mair wedi taro i'r gegin i roi ei phlât yn y peiriant golchi llestri, gan godi plât John o'r stydi ac yntau wedi mynd i ateb galwad natur fyny grisiau.

Llithrodd Gwenda rownd yr ymyl rhwng y lolfa a'r stydi mor hawdd â slywen i'w gwâl. Doedd John byth yn trafferthu cau'r drws.

Un clic, a goleuodd y sgrin. Clic arall ac roedd Gwenda'n edrych ar dudalen sgwrsio.

Siarad â rhywun oedd John, gwelodd, yn gariad ac yn gusanau i gyd, y cythraul ag e. Reit o dan drwyn Mair, pe bai hi'n dymuno gosod ei llaw ar y llygoden a chlician y sgrin i'r golwg. Roedd wedi mynd mor bell â gwasgu'r botwm i dduo'r sgrin, ond mater bach oedd ailwasgu hwnnw; oedd e wir yn meddwl na fyddai Mair yn gwneud hynny, na *allai* Mair wneud hynny?

Sadiodd Gwenda am eiliad. Rhaid bod esboniad arall. Ymchwil, ddwedodd e. Tybed ai dyna oedd e? Anturio i fyd seibrgaru er mwyn dilyn teithi rhyw stori oedd ganddo ar y gweill? Ceisiodd Gwenda lyncu yr hyn a allai o'r cyfathrebu ar y sgrin mewn eiliad neu ddwy gan sgrolio'n frwd:

Hoff liw?
Coch.
Finna 'fyd. Hoff air?
Mm... be dduda i? 'Cusan'

'Na gyd-ddigwyddiad! Finna 'fyd! Hoff weithgaredd yn gwely...?

Roedd e wedi trio bod yn ddoniol, a dweud 'Bwyta'. Yn Saesneg wrth gwrs, pob gair yn Saesneg.

Tywyllodd Gwenda'r sgrin ag un clic sydyn cyn symud yn ôl am y drws. Roedd John yn dod i lawr y grisiau.

'Beth sy'n digwydd i Menna *Pentre Ni*, John? Odi 'ddi'n mynd i briodi'r Rhys 'na?'

'Swn i'm yn 'i phr'odi hi,' atebodd John. 'Sgynni'm dwy nytan yn y pen 'na i grafu'n erbyn 'i gilydd.'

'Lico dy ferched yn glefar, 'yt ti John?' Mentro.

'Clyfar, blond a modfadd yn brin o chwe troedfedd os t'isio gwbod.'

Nid oedd yn amau dim. A pham ddylai, meddyliodd Gwenda. Heb set casglu printiau bysedd, ni allai brofi ei bod hi wedi bod yn busnesa, cyhyd â'i bod hi ddim yn bradychu dim. Doedd ei phresenoldeb yn yr ystafell ddim yn amheus; go brin, ym meddwl John, yr âi hi i fusnesa ac yntau o fewn rhai troedfeddi'n unig iddi yn y tŷ. Neu dyna, ym meddwl Gwenda, oedd wedi mynd drwy feddwl John wrth godi i gael pisiad a bod mor esgeulus â gadael tystiolaeth mor ddamniol yn weladwy i bawb drwy glicio unwaith.

'Mair, druan,' meddai Gwenda.

'*A* Mair 'de, wrth gwrs,' meddai John.

*

Cyn croesi Heol Sussex am adre, cynigiodd Gwenda lifft

i'w gwaith i Mair y bore wedyn. A'r ddwy'n gweithio yn yr un adeilad, ffolineb oedd mynd â dau gar. Ond roedd yn ffolineb a fu'n digwydd fwy neu lai yn ddyddiol ers deng mlynedd.

Ers deng mlynedd, bu Gwenda'n cynnig. Ers deng mlynedd, gwrthod a wnâi Mair, a Gwenda'n mentro dweud weithiau nad âi'n agos i High Street, yr âi hi yr un ffordd ag y byddai Mair yn mynd bob bore, rownd y ffordd arall, filltir neu ddwy'n ychwanegol o daith nad oedd ots o gwbwl gan Gwenda ei gwneud.

Ond roedd Mair yn gwrthod bob tro, naill ai am ei bod hi'n teimlo'n lletchwith yn gwneud i'w ffrind deithio'r pellter ychwanegol neu am fod arni ofn i Gwenda anghofio un bore, a gyrru drwy High Street heb feddwl.

Fyddai Gwenda byth yn gwasgu arni.

5.

Swn i'n licio sa Gwenda'n meindio'i busnas weithia. Fedra i weld arni 'i bod hi isio holi mwy hefyd, a ma hi lawr ar dy dad rownd rîl, tynnu arno fo bob gafael. Fysa Sylvia Hodges 'di rhoid hi'n 'i lle. Swn i'm yn meindio benthyg tafod Sylvia Hodges... jest am un dwrnod.

Deugian dwrnod sy 'na. Dwi'n 'u cyfri nhw yn 'y mhen, Mars fach, fatha llynadd. Ond yn wahanol i llynadd hefyd, achos mae deg yn wahanol iawn i naw, yn fwy gwahanol na mae o i'r rhifa erill. Fydd Siôn heb gychwyn yn ôl yn y coleg, felly ella mai fama fydd o, ddim yn fflat Rachel. Dwrnod gwaith fydd o, felly fydd raid i mi odda Gwenda – nesh i'm deud wrthi llynadd, ond beryg bod hi'n cofio achos oedd y papurau'n llawn o'u cofio 9/11. Ac mi fyddan nhw'n waeth 'leni...

Well gin i mai dwrnod gwaith fydd o ella, achos fysa bod yn tŷ efo dy dad yn dal i weithio fatha tasa 'na ddim byd erioed wedi digwydd yn annioddefol. Ddudish i wrtho fo llynadd 'Ti'n gwbod pa ddwrnod 'di?' a ddudodd o 'Yndw,' a dyna fo. Y ddau 'nan ni'n gwbod, a finna na fynta'm isio deud dim mwy amdano fo. Ddim isio. Ddim yn medru bellach.

Dwi'n well 'leni tybad? Gawn ni weld. Dwi'n meddwl 'mod i'n llai poenus ynglŷn â'r petha dwi'n gyffwrdd – y petha fysat ti wedi medru bod wedi'u cyffwrdd nhw, wsti, y petha dwi'n trio peidio cyffwrdd gormod arnyn nhw rhag difetha dy atoma di, dy olion meicrosgopig di arnyn nhw fatha'r tapia, a'r teciall a'r teledu a'r teclyn remôt, a'r halan a'r pupur a'r cypyrdda yn gegin a'r bwlynna drysa a'r llenni, a bob dim yn dy lofft di a handlan fflysh y tŷ bach a drws y meicrowêf a'r fflat smwddio a'r sychwr gwallt...

Ma deng mlynedd ond deugian dwrnod yn dalp o amsar hir i dy olion bysedd di ddal i fod arnyn nhw'n rhywle, debyg.

Dwi'n teimlo fod y poen sy 'na yn fy stumog i, yn fy anadlu i, yn fy mygu i weithia, Mars. Dwisho sgrechian i ollwng y poen allan, ond dwi'n gwbod ar yr un pryd na neith sgrechian owns o les, felly dwi'm yn gneud.

Mary Horton, cyn-wraig Brian, dwi'n deimlo 'gosa ati sti, achos mi gollodd hitha fab, 'ndo, ac mae o'n dal i ddeud ar 'i llais hi.

Dwi'n neud o eto – dy ddiflasu di efo sôps, a chditha â fawr i ddeuthan nhw pan oedda chdi efo fi. Raid i fi stopio.

*

O gyfrifiadur John at gyfrifiadur clust-i'w-ofidiau, clust heb wyneb ynghlwm wrthi, eheda neges Saesneg arall:

Mae hi'n siarad efo Marged eto. Fel taswn i ddim yn ei chlywed hi. Dweud ei bod hi'n siarad efo hi'i hun a finnau'n gwbod yn iawn efo pwy mae hi'n siarad. Fentra i ddim dweud wrthi 'mod i'n gwybod yn iawn. Haws peidio. Haws siarad drwy'r cyfrifiadur yma. Siarad efo pobol ddiwyneb drwy hwn ydi'r unig beth sy'n fy nghadw i'n gall.

Daw neges Saesneg yn ôl ymhen munudau:

Does dim rhaid i mi fod yn ddiwyneb...

Ac i fyny'r grisiau ar gyfrifiadur y mab, daw e-bost arall gan Rachel. Byr ac i'r pwynt:

SIÔN! PRYD TI'N MYND I WEUD WRTHI???????????????!!!

6.

Roedd y dyddiad ar y sgrin wedi neidio eto ar gyfrifiadur Gwenda yn y gwaith, wedi llamu dros amser. Chwe wythnos mewn llyfiad.

Roedd blwyddyn ers iddi gael y syniad o ddefnyddio Mair fel astudiaeth achos. Astudiaeth ohoni hi a'i chyflwr – beth bynnag fyddai hi'n gallu ei ddadansoddi oedd ei chyflwr hi.

Mair Mathews. 51 oed. Ysgrifenyddes yn ein Cynulliad Cenedlaethol.

Yn yr un adeilad lle roedd Gwenda ei hun yn gyfieithydd, am y tro, tra oedd hi'n dilyn cwrs coleg y Brifysgol Agored mewn Seicoleg. Doedd hi byth wedi llwyddo i gyfaddef wrth Mair rhag i honno ddychryn a drysu'r dystiolaeth y ceisiai Gwenda ei chael ganddi'n ddilychwin ar gyfer ei haseiniad.

Eisoes, roedd hi wedi nodi ei thueddiadau obsesiynol. Y cyffwrdd pethau dair gwaith, y dweud pethau am yr ail a'r drydedd waith dan ei gwynt gan feddwl nad oedd neb yn sylwi. Tri hyrddiad i'r tap i lenwi'r tegell, tri thap â blaenau ei bysedd ar y wyrctop, cyffwrdd ei thrwyn yr ail a'r drydedd waith o orfod ei gosi unwaith. Roedden nhw i gyd ar glawr gan Gwenda. Tri oedd rhif lwcus Mair, mae'n amlwg, a diolchai Gwenda'n ddistaw bach mai ar y trydydd o Fawrth y ganed Marged ac nid yn nes ymlaen yn y mis.

Y siarad â hi ei hun – â Marged – oedd fwyaf diddorol.

Daliai i wneud hynny, yn union fel pe bai hi'n llwyddo i wneud heb i neb arall sylwi. Rhaid bod John a Siôn yn gwybod – doedd dim modd peidio – ond doedd yr un o'r ddau wedi tynnu sylw Gwenda at y peth.

Roedd Gwenda wedi colli cyfri o sawl gwaith y glaniodd hi yno a Mair ar ganol 'sgwrsio' â Marged. Prin fod modd ei chlywed yn ystod y sgyrsiau-un-ffordd hyn, mae'n wir; y dystiolaeth bennaf, os nad yr unig dystiolaeth yn aml, oedd symud cyflym ei gwefusau. Weithiau'n unig y byddai hi'n codi ei llais ddigon uchel i rywun allu clywed llif sydyn y geiriau, ond gallai Gwenda gofio cyrraedd y tŷ ar fwy nag un achlysur i ganol un o 'sgyrsiau' Mair â Marged.

Roedd John a Siôn, mae'n amlwg, wedi hen arfer. I'r graddau fod Mair wedi rhoi'r gorau i gadw ei llais yn isel, o weld nad oedd yr un o'r ddau arall yn mynd i ddweud wrthi am dewi, am roi'r gorau i siarad â'i merch farw.

A glaniodd y dyddiad. Roedd papurau'r diwrnodau – wythnosau – cynt yn llawn o 9/11, ac fe fyddai Mair bellach yn llawn o 9/12, er na fyddai hi'n cyfaddef hynny wrth Gwenda. Tybed a fyddai'r dengmlwyddiant yn ei gwneud hi'n anoddach i Mair eleni, gyda'r holl sylw ychwanegol gan y cyfryngau? Ond gwyddai Gwenda mai go brin y gwnâi wahaniaeth sylfaenol: nid mewn pacedi bach twt o ddeng mlynedd yr oedd graddfeydd galar yn gweithio.

Fel arall, roedd prosiect yr 'ystafelloedd sgwrsio' yn mynd rhagddo'n hynod o lwyddiannus. Roedd

Gwenda eisoes yn ystyried y posibilrwydd y dôi cyfle i ddefnyddio'r prosiect hwnnw i ehangu cylch gorchwyl ei haseiniadau gogyfer â'i chwrs. Ymestyn y brîff i gynnwys effaith cyflwr meddwl Mair ar y rhai a rannai ei chartref.

Ond gwyddai nad oedd hynny'n debygol. Roedd y ffaith ei bod hi'n gandryll â John am freuddwydio gwneud y fath beth i Mair yn golygu nad oedd hi'n ddigon diduedd i allu cynnwys yr agwedd honno o'i pherthynas â'r ddau yn ei haseiniad.

A beth bynnag, gobeithiai Gwenda y câi gyfle cyn bo hir iawn i ddysgu gwers fach i John, a rhoi stop ar ei ddwli am byth.

*

Der am ffag

Tecstiodd Gwenda at Mair, a chododd y ddwy yn eu dwy ystafell a cherdded ar hyd y coridor at yr ystafell fach fel cwpwrdd yng nghefn yr adeilad lle câi'r smygu ei anwybyddu. Dangosai'r set deledu fechan yn yr ystafell BBC News bedair awr ar hugain y dydd, gan bwmpio'r un hen newyddion mewn talpiau chwarter awr a rhoi'r argraff nad oedd dim yn newydd byth.

Ni edrychodd yr un o'r ddwy ar y set wrth danio'u sigarennau. Ni thynnai'r lluniau gwasgaredig, digynllun o weddill y byd sylw fel y gwnaethai lluniau'r tyrau ar y diwrnod hwnnw.

Edrychodd Mair drwy'r ffenest ar hyrddiad ola'r ha' bach Mihangel a gafwyd.

'Mi fysa dda gin i tasa posib parcio *reit* o flaen y swyddfa,' meddai. 'Gas gin i gerddad o'r car at y drws. Gath Beth, hogan Phillip Stevens, 'i myrdro o fewn chwe troedfadd i swyddfa'i thad.'

'Do,' meddai Gwenda. 'Ar *Angel Gardens*.'

'Tydi *Angel Gardens* byth yn iwsho storis na fysa byth yn medru digwydd. Ella sa chdi'n dysgu parchu ofna pobol erill yn lle pw-pwio drw'r amsar, sa chdi'n dysgu rwbath.'

Ni allai Gwenda ymatal rhag chwerthin.

'Ti neu Sylvia Hodges sy'n siarad?'

Edrychodd Mair dan ei chuwch arni am eiliad, cyn gwenu a chyfaddef:

'Sylvia Hodges.'

Chwarddodd y ddwy am eiliad neu ddwy, cyn rhoi ochenaid fach yr un i orffen y chwerthin.

'Sen i'n lico mynd ar wylie i Tibet,' meddai Gwenda o nunlle.

'Nefi fawr! Ti'n deud petha gwirion weithia. Does neb normal isio mynd i Tibet,' ceryddodd Mair.

'Normal?' Falle mai'r normalrwydd oedd y broblem bellach, meddyliodd Gwenda.

'Pawb call isio bod yn normal, byw eu bywyda'n gall. Ddim mynd i Tibet.'

'Mr a Mrs Llwybr Canol, gŵr a gwraig a...' dechreuodd Gwenda a chnoi ei thafod yn rhy hwyr.

'A dau o blant...?' gorffennodd Mair y frawddeg drosti.

Roedd codi crachen yn un peth, i edrych a chydnabod

beth sydd oddi tani, ond doedd dim angen rhwbio trwyn neb yn yr hyn oedd yno chwaith. Ddim trwyn Mair, a ddim heddiw o bob diwrnod.

'Sori,' meddai Gwenda.

''Im isio chdi fod,' meddai Mair yn fwriadus o ddidaro.

Tynnodd Gwenda'n hir ar ei ffag a gofyn i Mair a oedd John yn dal i feddwl ei bod hi wedi rhoi'r gorau i smocio.

'Paid dechra pigo ar John,' oedd y cyfarthiad o ateb a gafodd.

Llyncodd Gwenda ful braidd o gael ymateb mor swta. Cwestiwn diniwed oedd e, dyna i gyd. Pe bai Mair yn gwybod bryd hynny beth oedd Gwenda'n ei wybod am John, go brin y byddai hi hanner mor amddiffynnol ohono. Pe bai hi wedi bod yn sefyll wrth ysgwydd Gwenda dros y nosweithiau cynt, yn ei gwylio hi'n chwarae â John ar y sgrin, efallai na fyddai ei wraig mor barod i achub ei groen. Ers chwe wythnos, bu Gwenda'n ceisio'i ddenu drwy osod abwyd dan orchudd cymeriad ffug. Cymerodd hynny wythnosau, ond cymharol hawdd fu hi hefyd wrth edrych yn ôl. Hawdd dal dyn fel John sy'n chwilio a chwilio am rywun i afael amdano.

Roedd Gwenda wedi ei fachu ac wrthi'n ei dynnu i mewn yn araf deg â geiriau cysurlon.

'Ti'm whant edrych i weld beth ma John yn gweitho arno fe withe?'

Rhythodd Mair ar Gwenda mewn arswyd.

'Pam swn i isio neud hynny? Dwi'n gweld be mae o'n

neud pan ma'n dŵad ar y bocs tydw? Difetha bob dim os dwi'n gwbod be sy'n mynd i ddigwydd o flaen llaw. Dwi'm isio gweld petha dwi ddim i fod i weld.'

Na, dwyt ti ddim am weld 'i focs cyfrinachau fe, meddyliodd Gwenda. Gallai cyfrinachau fynd yn drech na ti.

'Iesu, ma rhwbeth yn o'r 'da hi,' meddai.

'Canol mis Medi bron,' meddai Mair.

'Wy'n gwbod pwy ddwrnod yw hi,' mentrodd Gwenda'n dawel, heb wthio gormod.

''Na fo,' ochneidiodd Mair. 'Ma raid iddo fo ddŵad un dwrnod bob blwyddyn fatha Dolig, toes?'

Ond ei fod yn *bob* diwrnod iddi hi, yn wahanol iawn i Dolig, meddyliodd Gwenda.

'Anghofis i ofyn be ddoth o *Sex and the City*,' estynnodd Mair 'nôl dros chwe wythnos er mwyn newid y pwnc.

'Fawr o ddim byd,' meddai Gwenda. Doedd Miriam prin wedi ymateb pan roddodd Gwenda'r DVD i Sara. Synnodd Gwenda na fyddai hi o leiaf wedi rhyw led-feirniadu ei mam-yng-nghyfraith am roi DVD '15' yn llawn maswedd anaddas i'w hunig-anedig ferch, neu ffug-geryddu Gwenda o flaen ei hwyres. Prin oedd hi i'w gweld wedi sylwi. Drwy'r dydd, bu Miriam yn ymddwyn fel dynes â llawer iawn mwy ar ei meddwl na sut i wneud yn siŵr fod Sara'n cael pen-blwydd wrth ei bodd. Difarodd Gwenda'i henaid roi'r DVD i Sara. Fyddai hi ddim wedi difaru o gwbwl pe bai Miriam wedi mynd i ben caetsh am y peth.

Aeth wythnosau heibio cyn i Gwenda gael deall yn

swyddogol, er ei bod hi'n amau. Wedi i Sara fod yn treulio penwythnos gyda'i mam-gu, trefnodd Robin i gyfarfod Gwenda mewn Gwasanaethau ar yr M4 – rhag iddi orfod gyrru yr holl ffordd draw i Reading, meddai. Ac yno, a Sara wedi mynd i eistedd yng nghar ei thad, y dywedodd Robin wrth ei fam ei fod e a Miriam wedi penderfynu gwahanu. Yno yn sŵn y traffig, yn ddiemosiwn, ymarferol, eglurodd wrthi sut ddyfodol roedd e a Miriam, yn bwyllog wâr, wedi'i gytuno ar gyfer y tri ohonyn nhw. Ni ddywedodd Gwenda fawr wrtho, gan nad oedd dim byd i'w ddweud ac nid ei lle hi oedd dweud. Na lle Sara chwaith, ymddangosai.

Doedd y newyddion ddim yn syndod, er ei fod yn sioc na ddisgwyliodd ei chael mewn Gwasanaethau wrth ochr yr M4 berfeddion nos.

Ni soniodd Gwenda yr un gair wrth Mair pan ddigwyddodd, ac ni ystyriodd wneud hynny nawr chwaith. Byddai'n rhaid iddi ei gadw nes y byddai'n teimlo fod gan Mair ddigon o ddiddordeb i'w glywed, pryd bynnag fyddai hynny.

7.

Roedd yr un drygioni diniwed yn perthyn i Rachel ag a gofiai Siôn yn Marged. Yr un tynnu coes, a herio, heb ffraeo go iawn. Cadwai Rachel lygad arno, gwneud yn siŵr ei fod yn edrych yn rhywbeth tebyg i daclus cyn mynd allan o'i fflat ar ôl bod yn caru. Hi oedd yn gwneud yn siŵr fod dwy hosan yr un lliw am ei draed cyn iddo gerdded i mewn drwy ddrws yr undeb neu'r dafarn. Gallai Siôn gofio Marged yn gafael yn llodrau ei drywsus ysgol i wneud yr un peth.

Hawdd oedd delfrydu'r meirw, fe wyddai Siôn hynny gystal â neb, ond roedd cofio fel oedd hi cyn iddi fynd yn gwneud iddo feddwl am glychau: llenwid y tŷ gan sŵn clychau. Nid llais Marged yn unig, ond eu lleisiau nhw i gyd, roedd cymaint o glychau'n canu. A'r lolfa oedd calon y tŷ yn y dyddiau hynny, nid dim ond un ystafell o lawer yn cau fel bocs am bob un ohonyn nhw ar ei ben ei hun.

Roedd coleg wedi bod yn ddihangfa. A Rachel yn ogystal. Yno, roedd e'n greadur agored, allblyg, yn swnllyd ei wleidyddiaeth, ond heb fod yn sych-syber yn ei gylch. Gallai sesio gyda'r gorau, a malu cachu tan yr oriau mân. Câi gysgu ar lawr ambell ffrind os oedd y daith adre i'w gweld yn drech nag e. Galwad ffôn sydyn arall i'w fam i ddweud ei fod ar fin mynd i'w wely, a châi lonydd i gysgu drwy effeithiau gwaethaf y cwrw. Tan y bore, pan fyddai hi'n ei ffonio i wneud yn siŵr nad oedd wedi tagu ar ei chŵd yn ystod y nos.

Prin ei fod yn sylweddoli ei bod hi'n wahanol i famau'r lleill. Roedden nhw i gyd yn ffonio, rhai'n fwy aml na'i gilydd. Roedden nhw i gyd yn dychmygu – rhai'n fwy byw na'i gilydd. Roedd ei fam yn fwy gofidus, oedd, ond pa syndod? Wedi bod yn llai parod iddo fynd ar wyliau gyda'r ysgol a rhyw bethau bach felly, ond diawl, doedd arno ddim tamaid o awydd mynd chwaith. Roedd hi'n haws peidio, a dôi'r byd ato ef dros y we yng nghyfforddusrwydd ei stafell ei hun.

Roedd Rachel wedi'i dynnu allan. Sawl diwrnod yr wythnos, byddai'n ei ddenu i gerdded, i seiclo, i'r sinema, i'r dafarn, i'r cyfarfod hwn, llall ac arall... i unrhyw le a phobman.

Daliai Siôn ei hun yn meddwl weithiau sut un fyddai Marged wedi bod pe bai hi wedi byw. Byddai hi'r un oed â Rachel bellach; a oedd hynny, tybed, yn un o'r pethau a'i denodd e at Rachel gynta? Dychmygai ferch debyg i Rachel, yn llawn bywyd a hwyl. Roedd hi'n anodd osgoi meddwl amdani felly, er ei fod wedi trio; roedd rhywbeth ychydig yn afiach am y syniad o garu gyda rhywun oedd yr un ffunud â'r hyn fyddai ei chwaer wedi bod. Ond roedd Siôn hefyd yn gwybod nad oedd ganddo fe na neb arall syniad mewn gwirionedd sut un fyddai hi wedi bod.

Mentrodd gyfaddef y pethau hyn wrth Rachel yn ei gwrw un waith, a chael tynnu ei goes yn ddidrugaredd ganddi wedyn am y peth.

Cofiodd yr un tro roedd ei fam a Rachel wedi cwrdd â'i gilydd, mewn caffi ynghanol y ddinas. Siôn ei hun oedd wedi trefnu, ar ôl i Rachel holi sawl gwaith am gyfarfod.

Roedd hi eisoes wedi cyfarfod â John ar y stryd yn y ddinas ar ei ffordd i gyfarfod cynhyrchu a wedyn dros ginio un tro pan ddigwyddon nhw daro arno ar ei ffordd yn ôl o'r llyfrgell. Ac roedd Siôn wedi bod yn aros yn Abertawe gyda'i theulu hi droeon.

'Ti'n benderfynol o'i chadw hi a fi ar wahân,' gwamalai Rachel. 'Galle rhywun feddwl bo 'da ti gwilydd 'no fi.'

Roedd hi'n gwybod yn iawn wrth ei ddweud nad oedd hynny'n wir o gwbwl, ond roedd hi'n awyddus iddo dynnu ei fys mas hefyd.

Trefnodd Siôn eu bod yn cwrdd dros baned, er mwyn cau ceg Rachel.

'I be, d'wa?' oedd ymateb ei fam pan holodd e iddi. Ac ychwanegodd y câi Rachel ddod draw am baned unrhyw bryd, siŵr, os mai dyna oedden nhw eisiau.

Ond doedd Siôn ddim yn barod iddi ddod adre i'r tŷ tywyll, tawel. Ddim eto. Câi hynny ddigwydd yn y dyfodol. Caffi gynta.

Ac yno, mewn caffi Eidalaidd di-nod yn llawn o bobol, sipiodd Rachel ei *cappuccino* gan ofyn y cwestiynau amlwg yn gwrtais, a gwenu'n neis wrth ateb cwestiynau yr un mor gwrtais o geg ei fam. Sipiodd honno'i phaned o de yr un mor daclus, ac ateb cwestiynau diogel Rachel, a gofyn ei rhai diogel hi ei hun.

Tri chwarter awr barodd y cyfarfyddiad. Cynigiodd Rachel brynu paned arall i'w fam, ond gwrthod wnaeth Mair gan ddweud bod ganddi rywbeth neu'i gilydd i'w wneud. Aeth Rachel at y cownter i godi paned arall iddi hi a Siôn.

'Dim byd tebyg i be o'n i'n feddwl fysa hi,' meddai Mair wrtho gan gau botymau ei chot. Ofynnodd Siôn ddim iddi ymhelaethu, rhag cynhyrfu rhyw ddyfroedd.

Ystyriai fod y cyfarfyddiad wedi mynd cystal ag y byddai wedi mentro'i obeithio. Ac roedd yr orchest wedi'i gwneud. Fyddai Rachel ddim yn swnian eto, ddim am sbel o leiaf.

'Ma hi'n neis,' oedd barn ddiddychymyg Rachel. 'Ddim hanner mor *weird* ag o't ti wedi neud mas.'

'Sai riôd wedi gweud bod hi'n *weird*,' dadleuodd Siôn.

''Na'r argraff roiest ti,' meddai Rachel, a sylweddolodd Siôn fod llawer mwy o rym i'r hyn nad oedd wedi'i grybwyll am ei fam na'r hyn roedd e wedi llwyddo i'w ddweud.

*

Un o'r pethau ddwedodd Rachel wrtho oedd mai gwneud cymwynas â'i fam fyddai'r trip i America. Gorau po gyntaf y câi hi ei gorfodi i wynebu na allai gadw Siôn o fewn cyrraedd iddi am byth.

Roedd 'na ben draw i fod yn ofalus; byddai ychydig bach o bendantrwydd a chadernid ar ei ran yn decach yn y diwedd.

Roedd yn gwybod hynny, ond yn dal i fethu gweithredu ar y peth. Yng nghefn ei feddwl, roedd wedi bwriadu gohirio dweud wrth ei fam am America nes i'r dyddiad basio. Nes ar ôl y deuddegfed o Fedi.

Dyna oedd y cynllun. Ond doedd e ddim am gyfadde hynny wrth Rachel chwaith, rhag i'r peth dyfu'n fwy o beth nag a ddylai fod.

A nawr, roedd hi'n ddeuddegfed o Fedi. Deng mlynedd gyfan gron. Ac roedd o fewn diwrnod i orfod dweud. Fory, câi ei fam ofid arall nad oedd hi'n gwybod dim amdano.

Dyheai Siôn am fod wedi dweud, am fod wedi rhoi'r peth o'r ffordd, y tu cefn iddo.

Agorodd ddrôr yn ei ddesg a thynnu llun bach o Marged allan. Y llun ola ohoni, yn ei gwisg ysgol yn gwenu'n ddireidus. Beth fyddai hi wedi ei ddweud?

Gwyddai'n syth. Roedd e'n gwybod ers amser ond ei fod e'n gachgi, yn ei chael hi'n haws claddu ei ben yn y tywod.

Ffor fflip's sêcs! meddai llun Marged wrtho. Tyfa lan, Siôn!

Rhoddodd y llun yn ôl yn y drôr. Syllodd ar sgrin ei gyfrifiadur heb weld yr hyn oedd arni, a gwnaeth ei benderfyniad.

*

Gwenda! Sna'm stop 'di bod arni, Mars!

Trio 'nhynnu i i siarad am betha dwi'm isio siarad efo hi amdanyn nhw! Drwy'r dydd! Fatha tiwn gron.

Dwi'm isio siarad hefo neb am ddim byd. Heddiw o

bob dwrnod. Ac os rhywbeth, dwi'n well heddiw nag o'n i ddoe, achos doedd 'na'm byd ar y bocs ddoe nac ers dyddia lawer ond y tyra, a fedrwn i'm peidio sbio.

Sna'm byd ar y bocs heddiw, mond *Albert Street* yn munud, unwaith fydda i wedi sodro swper o flaen dy dad a Siôn. Wylia i hwnnw a bob un dim ar 'i ôl o nes daw amser call i fynd i'r gwely. Ma parti Jonathan heno, ddylia hynny fod yn hwyl. Meddylia! Ca'l 'i ben-blwydd yr un dwrnod â...

Wna i ddim meddwl am hynny. A choda i mo'r peth efo dy dad na Siôn. Go brin y codan nhw'r peth hefo fi. Fedra i ddeud arnyn nhw bod nhw'm isio mentro siarad efo fi amdana chdi. A diolch am hynny.

Taten yn meicrowêf, mymryn o gaws a bîns ar 'i phen hi. Neith y tro i'r ddau am heno, siawns. Fydd 'na'r un ohonan ni lawer o awydd bwyd.

*

'Mam.' Roedd o yn ei chegin, wedi dal brawddeg ola'i monolog hi.

'Siôn!' Trodd hithau yn ei dychryn a thaten ym mhob llaw.

'Ti'n iawn,' meddai Siôn gan eistedd. 'Sdim whant bwyd arna i.'

'Da iawn,' meddai Mair a gwasgu botymau'r popty ping fel pe bai hi heb ei glywed yn iawn.

Nawr amdani, meddyliodd Siôn. Ei dad wedi picio allan o'r ffordd gan adael y llwyfan yn rhydd iddo geisio dal pen rheswm â hi.

'Deng mlynedd,' meddai Siôn, gan yrru edrychiad o boen dros ei hwyneb hi na chofnodwyd gan ddim heblaw gwydr tywyll y popty ping.

'Ia,' atebodd yn dawel. 'Caws yn iawn efo ti, 'ta sa well gin ti bîns?'

'Ti'n dala i siarad 'da hi,' meddai Siôn wedyn.

'Efo pwy? Pa siarad?' holodd hithau, gan ffugio annealltwriaeth. Diniweidrwydd.

'Ti. 'Da Marged,' meddai Siôn, yn benderfynol y tro hwn o godi'r grachen.

'Marged, wir! Siarad efo fi'n hun weithia ella, pwy sy ddim?' Roedd ei llaw yn crynu wrth estyn am blât i roi'r daten arno. 'Caws 'ta bîns?'

'Deng mlynedd o siarad 'da hi,' meddai Siôn wedyn, fel ci gydag asgwrn.

'Yli, Siôn, gad o i fod.' Bron nad oedd hi'n pledio, er caleted ei hymdrech i geisio swnio'n ddi-hid.

'Pam na fyddet ti'n trio siarad 'da fi?' Trodd Siôn i edrych arni, a fedrai hi ddim yn hawdd â throi i edrych i rywle arall, ddim heb ei wadu. 'Wy'n galler siarad 'nôl 'da ti.'

'Be 'di achos hyn?' holodd Mair, a'i dychryn yn amlwg bellach.

'Meddwl bod deng mlynedd yn ddigon ydw i, 'na i gyd,' meddai Siôn yn ddiflas.

'Ydi, mae o,' meddai Mair. Eisteddodd gyferbyn â'i mab a gafael yn ei law. Synnodd yntau ei bod hi'n cytuno. 'Mwy o chwerthin sy isio, mwy o fod yn hapus. Does 'na'm rheol yn deud na chawn ni fod yn hapus.'

'Mwy o siarad 'da'n gilydd,' meddai Siôn.

Gwasgodd Mair ei law a gwenu arno. 'Ti 'di tyfu'n ddyn o flaen 'yn llygid i...'

'Wy moyn gweud rwbeth wrthot ti,' meddai Siôn heb allu edrych arni.

'Be?' mwmiodd Mair a sythu, gan dynnu ei llaw yn ôl ac estyn am y tun bîns. 'Ond deud gynta, caws 'ta bîns?'

Sythodd Siôn hefyd, wedi'i ddrysu braidd gan ei chwestiwn ar draws pob dim. Onid oedd wedi dweud wrthi unwaith nad oedd e eisiau bwyd, a dyma hi'n dargyfeirio'r sgwrs eto fyth. Teimlai fel pe bai wedi'i dynghedu i beidio â gallu dweud wrthi am y daith i Efrog Newydd.

Estynnodd am y tun bîns a chwifiai Mair yn ei llaw a'i daro ar y bwrdd yn galetach nag a fwriadodd. Cododd ar ei draed, yn benderfynol o ddweud ei neges heb ei ddrysu ganddi; anadlai'n gyflym i reoli ei dymer, nes gwneud yr orchwyl yn haws.

'Wy'n mynd i New York. Efrog Newydd. Am ddeg dwrnod, mis Rhagfyr, 'da Rachel. Fydda i 'nôl ddau ddwrnod cyn Dolig.'

Roedd yn syllu arni nawr, a hithau arno yntau, nes gwneud iddo droi ei ben. Fedrai hi ddim dweud gair yn ei harswyd, dim ond syllu, am eiliadau cyfan crwn, nes i'r popty ping ddweud 'ping' cyn pryd a thorri'r syllu. Trodd Mair i symud y botymau ar y peiriant yn fecanyddol ddisynnwyr. Roedd hi wedi drysu amserau'r tatws, eisiau rhoi mwy o donnau drwyddyn nhw, ond yn methu rhoi trefn ar ei meddwl i allu gwneud hynny.

'Wy wedi bod moyn gweud cyn hyn,' meddai yntau wedyn, yn llai ymosodol, 'ond o'n i ffili. O'n i ofan.'

'Paid â mynd,' meddai hithau'n ddistaw. 'Paid â mynd, paid â mynd.'

Chwaraeodd ei bysedd ar y wyrctop dair gwaith.

'Wy moyn mynd,' meddai yntau.

'Ddim ar yr awyrenna 'na...' meddai hithau.

'Sai'n bwriadu mynd mewn cwch os 'na beth ti'n feddwl,' meddai yntau i ysgafnhau pethau.

'Pam i *fanno*?' plediodd hithau.

'I brotest,' atebodd Siôn. 'No to Globalization. Ma'n bwysig.'

'Nadi siŵr!' Roedd hi wedi codi'i llais, wedi gwylltio. '*Pwysig*, o ddiawl! Y *fo* sy'n deud be sy'n bwysig. Bush! Rhedag ar ôl *terrorists*, trio gneud y byd 'ma'n lle gwell i fyw, cofio am rheini fuo farw yn y tyra, dyna chdi be 'di *pwysig*.'

'Nytyr o'dd Bush, a ta beth, mae e wedi *mynd*! Ddim bod 'na brinder o nytyrs erill yn bygwth dreifo'r car dros ochor y dibyn.' Roedd e'n ymwybodol, wrth i'r geiriau ddod allan, ei fod yn troedio tir peryg wrth ddefnyddio ceir fel metaffor. Tawelodd. 'Ma'n bwysig i fi ac i Rachel. Ti'n lico Rachel...'

'Mond unwaith dwi 'di chwarfod hi,' meddai Mair. 'Ac os 'di'n mynd i dy ddenu di hannar ffor ar draws y byd i ddyn a ŵyr pa drwbwl, dwi *ddim* yn 'i licio hi.'

'I Efrog Newydd ni'n mynd, nage Affganistan,' meddai yntau'n ddiamynedd.

"Run peth 'dan nhw i'r *terrorists*,' gwaeddodd hithau.

'Drych, Mam,' ceisiodd fod yn amyneddgar, ond dôi'r geiriau allan heibio i'w ddannedd. 'Nage'r *terrorists* laddodd Marged.'

Cadach coch i darw.

'Ia'n tad! Nytars sy ddim ffit i ddreifio car! 'Run peth! Ma'n nhw allan fan'na'n disgwl i ga'l 'u bacha arnan ni. Ac w't ti'n cer'ad mewn i'w dwylo nhw.'

'Wy'n mynd am drip deg dwrnod i Efrog Newydd, 'na i gyd,' ceisiodd Siôn resymu, gan deimlo ar yr un pryd nad oedd unrhyw fodd yn y byd o allu gwneud hynny â'i fam.

'I brotestio!' poerodd hithau. 'Troi'r drol. Ti'm gwell na'r gweddill.'

'Gweddill be?' gofynnodd. Roedd e wir eisiau deall teithi ei meddwl.

'Y *terrorists*. Ti ddim mymryn gwell na nhw. Troi'r drol, troi'r drol, troi'r drol.' Ni fedrai atal ei hun. 'A pam deud wrtha i *heddiw*? *Heddiw* o bob dwrnod!'

Penderfynodd yntau mai calla dawo. Gadael iddi gnoi cil. Pwyllo, llyncu mul, beth bynnag. Roedd y baich mawr wedi'i dynnu oddi ar ei ysgwyddau nawr ei fod, o'r diwedd, wedi wynebu'r gwaethaf a gwneud fel roedd Rachel wedi dweud wrtho am ei wneud ers cyhyd. Roedd Rachel wedi dweud mai dyna'r drwg gyda dynion – methu wynebu eu cyfrifoldebau, gadael i glwyfau ddyfnhau drwy ohirio gwneud.

Hi oedd yn iawn. Doedd dweud ddim hanner mor ddrwg ag a feddyliodd.

*

Fyny grisiau, rhoddodd wybod i Rachel drwy neges testun:

... Alle fod yn wa'th, Rache.

Trodd yn ôl at y poster gwrthglobaleiddio roedd wrthi'n ei ddylunio ar Publisher. Roedd yn reit falch o'r gwaith a wnaethai'n casglu logos hanner can cwmni rhyngwladol mwyaf y byd, a'r penglog du a osododd drostynt yn symbol o'u traflwnc marwol.

Daeth ateb o fewn munudau:

Ti'n treial gweutho fi bo ti wedi GWEUTHI????!!!!!

Do, the deed is done.

Pwysodd Siôn yn ôl yn ei gadair a gwên fawr ar ei wyneb.

8.

Ar Heol y Frenhines, cerddai John a'i ddwylo'n ddwfn ym mhocedi ei got fawr. Syllai ar y pafin dan ei draed rhag gorfod edrych ar brysurdeb y byd yn pasio heibio.

Roedd wedi cerdded ymhell o 15 Heol Sussex. Ni fedrai wynebu Mair heno. Heno o bob noson. Bob blwyddyn, roedd e wedi bod yno iddi pan ddychwelai o'i gwaith, yn barod iddi arllwys ei hemosiynau i gofnodi troad blwyddyn arall ers iddyn nhw golli eu merch. Bob blwyddyn, wnâi hi ddim arllwys ei hemosiynau, wnâi hi ddim trafod, wnâi hi ddim siarad gair ag yntau na Siôn. A bob blwyddyn, daliai i glywed grŵn ei llais mewn rhan arall o'r tŷ, yn siarad â'r meirw.

Eleni, roedd wedi gweld y dyddiad yn dod o bell, a'i ewyllys wedi diffygio o wythnos i wythnos, gan beri iddo benderfynu na fyddai yno iddi pan ddychwelai o'i gwaith. Ddim eleni.

Ysgrifennodd nodyn brysiog yn dweud ei fod wedi mynd i gyfarfod â chynhyrchydd *Pentre Ni* ac na fyddai'n ôl am rai oriau.

Gwyddai y byddai Siôn fyny grisiau pe bai angen, er na thrafferthodd esgyn y grisiau i lofft ei fab i ddweud wrtho ei fod yn mynd allan.

Flynyddoedd yn ôl, pan ddechreuodd weithio fel sgriptiwr hunangyflogedig, ceisiai John neilltuo rhan o bob diwrnod i fynd allan o'r tŷ am dro, i anadlu aer go iawn yn hytrach na'r aer oedd e'n ei roi i'w gymeriadau drwy ei eiriau. Bendith oedd yr awren fach honno bob dydd, ond llithrodd yr arfer ar adegau mwy prysur na'i gilydd. Wedi hynny, o ganlyniad i'r diffyg arfer, roedd yn gaeth i bedair wal ei stydi yn amlach na pheidio y dyddiau hyn.

Ond weithiau, dôi awydd drosto i ddianc. A dianc oedd raid heddiw. Dianc cyn iddi ddod i'r tŷ â'i chlogyn o ddiflastod drosti – yn anweledig, ond o! mor bresennol! Diflannu cyn iddi daenu'r diflastod hwnnw dros weddill y tŷ i'w mygu – Siôn ac yntau.

Bu cyfnod pan fyddai'n agor ei freichiau iddi, yn ei gwahodd i siarad, i agor ei chalon iddo, i rannu ei ofid ei hun a'i gymysgu â'i gofid hithau er mwyn creu rhywbeth llai gwenwynig, rhywbeth y gallen nhw ill dau ddygymod ag e, gydag amser. Ond ei wrthod wnaeth Mair, pellhau a chau'r drws arno, chwilio am gysur yn ei gofid ei hun. Rhoddodd y gorau i agor ei freichiau i'w wraig.

Wrth wylio'r pafin yn symud o dan ei draed, cofiodd y Farged fechan fach yn rhedeg ar hyd Heol y Frenhines o'i flaen heb ofalu am y craciau, yn ei hawydd i fynd i Woolworths ar fore Sadwrn i gael y presant roedd ei thad wedi'i addo iddi am ei ddioddef yn ei stydi drwy'r wythnos a gofyn i bawb fod yn ddistaw iddo gael gorffen sgript arall. Doedd dim angen gofyn i neb fod yn ddistaw bellach yn 15 Heol Sussex gan mai distawrwydd oedd y drefn, ar wahân i rŵn y teledu yn y gegin neu yn y lolfa lle câi ei sgriptiau ef, neu rai rhywun arall, eu chwydu gerbron Mair.

A chofiodd am y Farged ychydig yn hŷn yn gofalu rhag camu ar y craciau yn y pafin rhag i ryw ddrwg ddigwydd iddi. A wnaeth camu'n ofalus rhwng y craciau yn y pafin ddim ei harbed pan darodd y car hi. Pam na allai Mair weld fod ei mil defodau bach hi yr un mor ddiwerth?

Ysai John am rywun i wrando arno, ysai am ysgwydd, am gorff arall, am gynhesrwydd y weithred rywiol â rhywun oedd yn bresennol yno iddo. Rhywun nad oedd yn siarad â'r meirwon yn ei phen yn y gwely oddi tano. Ers misoedd, ers blynyddoedd bellach, aethai'r ymdrech i gau ei feddwl at y ffaith nad oedd Mair yno go iawn pan oedden nhw'n caru yn drech na'i allu i gael rhyddhad ganddi.

Ysai hefyd am fyw ei fywyd ei hun yn lle rhygnu ati ar fywydau pobol eraill. Dyna oedd siarad â Karen wedi rhoi iddo. Prysurai drwy ei waith o ddydd i ddydd er mwyn gallu troi ati a siarad â hi go iawn yn hytrach na siarad geiriau pobol eraill drostyn nhw. Roedd Karen yn ei ddeall. Roedd hi'n cydymdeimlo, yn addo – yn gynnil, ond o! mor glir hefyd – ei gysuro â'i chlustiau a'i hysgwydd ac â'i chorff.

Doedd e ddim yn ffŵl. Gwyddai'n iawn fod rhywun arall ym mywyd Karen a'i rhwystrai rhag cynnal perthynas wyneb yn wyneb ag e. Roedd hi wedi dweud hynny, fwy neu lai, wedi camu'n ôl rhag cyfarfod, ac yntau yn yr un modd wedi sôn wrthi am Mair a'i gofidiau, a'r hyn a ddigwyddodd i Marged, wedi arllwys y cyfan. Ac roedd hi, Karen, wedi deall, wedi'i gysuro â geiriau. Dim ond geiriau, yn ddiogel yn y bocs, nid gweithredoedd.

Gwyddai'r ffeithiau amdani, pa mor dal oedd hi, lliw a hyd ei gwallt, ei llygaid, ei phwysau. Roedd yn gwybod bod ganddi ferch a bod honno wedi ysgaru oddi wrth ei gŵr, a bod ei hŵyr bach yn ddeng mlwydd oed bellach ac yn byw gyda'i dad er mawr ofid i Karen. Ond doedd hi ddim yn ystyried ei bod hi'n edrych yn ddigon hen i fod yn nain.

Roedd ganddo lun ohoni yn ei ben, ac roedd John yn berffaith argyhoeddedig nad oedd yn bell o'i le yn ei chylch – neu ynghylch yr allanolion. Gwyddai'n barod drwy eu sgwrsio sut un oedd hi ar y tu mewn.

Yn ei wely yn y nos roedd e'n methu cael y llun ohoni allan o'i ben ac roedd ei ysfa amdani'n haerllug o fyw iddo, er mor annhebygol oedd hi y câi wireddu'r dyhead a'i cadwai'n effro. Ac eto, wrth ysgrifennu ati, wrth sgwrsio â hi, roedd yn llawn gobaith y câi gyfarfod â hi.

Wedyn, pan ddôi sobrwydd y dydd, ac yntau'n cyfnewid geiriau â hi, roedd yn tynnu'n ôl. Wrth glywed Mair yn y gegin yn siarad â hi ei hun, yn gefndir i'w sgwrs â Karen, byddai'n cofio mai gŵr Mair oedd e. Dyna ei gyfran, ac er ei fod yn synhwyro bod Karen bellach yn barod i'w gyfarfod, doedd camu i'r bwlch rhwng y presennol a'r dyfodol ddim yn hawdd.

A ddoe ddiwethaf, wrth drafod cyflafan y tyrau, roedd hi wedi dweud bod bywyd yn rhy fyr i oedi. Wnaeth hi ddim ymhelaethu, ond gwyddai John yn iawn ei bod hi bellach yn awyddus i'w gyfarfod.

Beth wnâi hi â dyn dros ei hanner cant, a'i wallt yn dechrau gwynnu – a moeli mymryn ar y corun? Dyn a enillai ei grystyn yn y modd mwyaf diflas un – yn llunio bywydau pobol eraill drostyn nhw, pobol nad oedden nhw'n bodoli go iawn? Beth wnâi hi â methiant o ŵr a'i diflasai a'i gwynion am ei wraig, a'i alar am ei ferch? Sut ar wyneb y ddaear y daethai hi i fod eisiau ei gyfarfod?

Roedd goleuadau'r siopau'n dechrau diffodd o un i un a fawr o bobol yn cerdded ar hyd Heol y Frenhines bellach. Tynnodd ei got yn dynnach amdano. Byddai'n rhaid iddo'i throi hi am adre. Ystyriodd fynd i dafarn a boddi ei ofidiau mewn rhes o beintiau cwrw nes y byddai'n ddiogel iddo fynd i'r tŷ, a Mair yn ei gwely.

Trodd, er mwyn wynebu'r ffordd am adre a phob cam o'i eiddo'n drymach wrth feddwl am yr hyn oedd yn ei ddisgwyl yno. Daeth i'w feddwl y byddai Gwenda wedi galw i gadw cwmni i Mair a daeth ton arall o ddiflastod drosto. Un bigog oedd Gwenda, wedi cymryd yn ei phen mai ei le yntau oedd gwella Mair, a'i anallu i wneud hynny yn brawf nad oedd wedi ymdrechu'n ddigon caled, nad oedd yn teimlo digon. Sut allai hi beidio â'i nabod? Sut allai hi ei feio am gyflwr Mair, ac yntau wedi gwneud ei orau glas, ac *yn* gwneud ei orau glas i wneud yr hyn oedd i fod i'w wneud? Hen sguthan wenwynllyd, dyna oedd Gwenda.

Ystyriodd eto fynd i dafarn. Ond cofiodd y byddai ei gyfrifiadur adre yn disgwyl amdano mor ufudd â phob peiriant, a Karen yr ochr draw i'r gofod rhyngddyn nhw, yn cynnig ei fywyd ei hun yn ôl iddo.

Mae deng mlynedd yn ddigon, Marged, meddai yn ei ben. Mae'n ormod, Marged. Mae'n bryd dy adael di i fynd, a cherdded yn rhydd.

9.

Roedd hi'n crio'n ddistaw wrth fwrdd y gegin pan gerddodd Gwenda i mewn. Am unwaith, wnaeth hi ddim ymdrech i geisio cuddio'r dagrau rhagddi.

'Beth sy'n bod?'

'Siôn. 'Di penderfynu 'i fod o am fynd i New York.'

'Beth, am byth?'

'Gystal â bod. Deg dwrnod.'

'Neis!' Ceisiodd Gwenda sionci ei llais gymaint ag y gallai, er y gwyddai ei bod hi'n tynnu'n groes wrth wneud hynny.

'Neis, wir! Duw a ŵyr be fedar ddigwydd iddo fo.'

'Dim byd, 'na ti beth,' meddai Gwenda'n styfnig, gan wrthod ildio i resymeg wyrdroëdig paranoia Mair. 'Dim byd heblaw profiad da iddo fe.'

'To'n i'm yn meddwl sa chdi'n dallt,' meddai Mair yn gyhuddgar.

Ceisiodd Gwenda ddarganfod ei lefel hi, gweld y byd drwy'r mwrllwch oedd yn gorchuddio'i llygaid hi.

'Drych, do's dim i fecso amdano fe.'

'Ddim i chdi, nag oes. Ma Robin yn byw yn Reading.'

'Nag yw,' dechreuodd Gwenda. 'Symudodd Robin i Dreganna wythnos dwetha.'

''Na fo, 'li!' saethodd Mair yn ôl, heb feddwl gofyn beth oedd amgylchiadau'r symud 'nôl i Gaerdydd. Doedd ganddi ddim iot o eisiau gwybod, meddyliodd

Gwenda, a hithau'n sownd yn ei thrafferthion ei hun. Anadlodd Gwenda'n ddwfn a cheisio chwilio unwaith eto am bersbectif Mair ar bethau ac anghofio am y clwyfau oedd ganddi hi ei hun.

''Da Rachel ma fe'n mynd?'

'Ia.'

''Na fe, 'te. Gewn nhw edrych ar ôl 'i gily'.'

'Swn i'm yn disgwyl i chdi ddallt,' meddai Mair eto yn chwerw, cyn mynd drwodd i'r lolfa at *Pentre Ni*.

RHAN DAU

10.

'Ma John yn mynd i Lundan dydd Gwenar.'

Ddeufis a hanner wedyn oedd hi, a Mair yn edrych ar y rhew'n gwneud siapiau ar ffenest y lolfa. Tynnai'n galed ar y sigarét, cyn chwythu'r mwg drwy'r ffenest gilagored.

Felly, roedd hi'n gwybod. Ond dyna ni, byddai'n rhaid iddo fod wedi dweud wrthi rywbryd. Ac roedd hi'n manteisio ar y ffaith fod John wedi gorfod mynd i gyfarfod cynhyrchu i ddweud wrth Gwenda.

Eisteddai honno o flaen y tân trydan yn gwylio Mair yn smocio. 'Dere o'r ffenest 'na yn enw'r mowredd, o's dim *dressing gown* 'da ti?'

Gallai weld gŵn nos Mair yn cyhwfan yn yr awel o wynt iasoer a ddôi i mewn wrth i'r mwg fynd allan.

'Cwarfod rhyw gynhyrchydd fedra roid cyfres iddo fo weithio arni. Cyfres Susnag. Dyna ddudodd o...' Amheuaeth yn ei llais. Digon i Gwenda fentro:

'Ac 'yt ti'n ame'i fod e'n ca'l *affair*?!'

'Nagdw, tad! Be sy matar arna chdi'n troi bob dim dwi'n ddeud? *Fysa* John ddim, be bynnag. Mae o'n rhy brysur hefo'i waith.'

'Pryd fydd e 'nôl?' gofynnodd Gwenda'n ddiniwed.

'Cyfarfod dros bryd o fwyd nos Wenar, 'nôl bora dydd Sadwrn. Mae o 'di bwcio stafell mewn Travelodge.'

'Neith e fawr o odinebu mewn un dwrnod. Ac yn bendant ddim mewn Travelodge.' Lleddfu poenau

Mair, neu leddfu cydwybod Gwenda ei hun? Er na châi Mair byth wybod ganddi ei bod hi yn y broses o'i rwydo, roedd hi hefyd eisiau ysgafnhau pethau. Gwyddai eisoes fod John yn bwriadu aros nos: roedd e wedi dweud hynny wrth Karen, ac wedi ychwanegu yn yr un frawddeg mai gwneud hynny oedd e am nad oedd trên call yn ôl i Gaerdydd tan wyth y bore. Doedd Gwenda na Karen ddim yn credu gair o hynny.

'Beth os yw e am neud Billy Soames *The Hortons* arnot ti?'

'Ga'th Billy Soames grash ar ffor adra.'

'O fod yn gweld dynes arall. Fel se *Fe* yn arllwys 'i farn fawr arno fe.'

Dryswch am eiliad. 'Tad Glenda Soames ti'n feddwl...?'

'Nage! Y *Fe*, lan myn'na.' Pwyntiodd Gwenda at y to. 'Y Sgwennwr *Soaps* mawr 'i hunan.'

'Oo!' Roedd hi'n chwerthin.

'Ti'n becso am bethe dwl,' meddai Gwenda wrthi wedyn ar ôl difrifoli.

'Dwi ddim *yn* poeni. Ddim am hynna be bynnag. Ti'n rhoid geiria'n 'y ngheg i.' Yna ailfeddyliodd, a phenderfynu codi cornel y fantell ddu oedd wedi ei lapio amdani'n dynn. 'Cofia, ma'n hawdd poeni am betha gwirion pan ti'n gwbod y medar petha gwirion ddigwydd i chdi.'

Ers iddi glywed gan Siôn ei fod yn mynd i Efrog Newydd, prin y bu Mair yn ei gwaith, a ddim o gwbwl ers bron i fis bellach. Galwai Gwenda heibio iddi'n fynych i weld sut oedd hi, a cheisio'i chymell yn ôl i'r swyddfa. Ond wrth weld yr olwg anniben arni heddiw yn ei dillad nos, roedd hi'n amlwg nad oedd Mair yn agos at allu mentro 'nôl i'w gwaith.

'Ma'n nhw'n deud fod eira ar 'i ffordd. Ddigon i ddŵad â'r wlad i *standstill* ma'n nhw'n ddeud.'

'Wedan nhw rwbeth i arbed ca'l bai am bido rhybuddio digon. Neith ryw ffluwchen fach o eira ddim drwg i neb.'

'A John isio mynd i Lundan.'

Wel, ie, meddyliodd Gwenda.

'Fedra'r lectric ddiodda,' meddai Mair yn llawn pryder.

'... ma'n nhw'n *ddeud*...' meddai Gwenda i orffen ei brawddeg drosti.

'Be nawn nhw yn yr *House* heb drydan 'da? Welist ti'r hogan Debs 'na'n trio mynd i'r gwely hefo Stud?'

'Naddo, Mair,' ochneidiodd Gwenda.

'Ddylsa chdi sbio arno fo. Fuish i wrthi tan ddau, methu'i ddiffodd o. Oedd hi rêl hen hwran... yn feddw gocyls... trio ca'l 'i ffordd hefo fo. *You'll be ashamed of yourself in the morning*, medda fo wrthi. Ond ddowt gin i a fydda gynni gwilydd. Toes gynni byth. Meddylia! O flaen pawb yn y wlad 'ma.'

'Pawb sy'n ddigon dwl i aros ar ddi-hun tan ddau y bore i edrych arnon nhw,' meddai Gwenda.

'Oedd John yn dal i weithio 'radag honno.'

Gweithio, wir! meddyliodd Gwenda. 'Beth se'n digwydd se'i gyfrifiadur e'n hwthu lan?' holodd yn llawn cywreinrwydd,

'Neith o ddim, siŵr. Ych a fi.'

'Ond *os*.'

'Dwn i'm. Papur a phensal am wn i.'

'Tr'eni!'

'Sna neb prin yn iwsio papur a phensal yn tŷ ni ers pan oedd Marged...'

Saib. Tynnodd wynt.

'Oedd hi'n arfar tynnu llunia... ma gin i rei o hyd. Y rhei oedd gin i pan – dwi'n 'u cadw nhw mewn bocs.'

'Ti'n dal i feddwl lot amdani.' Hi ei hun agorodd gil y drws, barnodd Gwenda. Doedd ganddi ddim dewis ond camu i mewn, a'i gwahodd i agor rhagor arno...

'Sa'n sobor o beth taswn i ddim. Fi 'di'i mam hi'n diwadd.'

'Mae'n ddeng mlynedd...'

'Fel ddoe...' meddai Mair. 'Hedfan a llusgo 'run pryd.'

'Ar 'yn ffordd ni o fyw ma'r bai.' Ceisiodd Gwenda ddod o hyd i rywbeth i'w ddweud a fyddai'n helpu.

'Ar y boi oedd yn gyrru'r car oedd y bai.'

'Wyt ti erioed wedi ystyried...' dechreuodd Gwenda, ac oedi. Doedd hi ddim wedi meiddio lleisio'i chwestiwn wrth Mair o'r blaen, ond roedd nawr i'w weld yn gyfle da. 'Wyt ti erioed wedi ystyried ei gyfarfod e? Y boi oedd yn dreifo'r car?'

Roedd un o fodiwlau ei chwrs yn ymwneud â dod â dioddefwyr a throseddwyr at ei gilydd ac roedd hi wedi bod yn pori drwy astudiaethau achos. Doedd clywed Mair yn bwrw'i llach ar yrrwr y car a darodd Marged ddim yn syndod i Gwenda. Gwyddai nad oedd Mair wedi gallu symud fodfedd yn ei blaen ers diwrnod y ddamwain, a beio'r gyrrwr oedd hi wedi'i wneud yn syth, rhag cael ei llyncu'n llwyr gan oferedd disynnwyr y cyfan.

'Â phob parch, gei di gadw dy seicoleg, Gwenda. Sgin i'm affliw o isio siarad amdano fo.'

Damniodd Gwenda'i hun am beidio dewis adeg well i ofyn i Mair. Dyna syniad arall wedi'i ladd cyn iddo egino'n iawn.

'Wy'n mynd draw at Robin dydd Sadwrn.'

'Ar y trên?' holodd Mair, heb gofio, mae'n amlwg, nad i Reading roedd Gwenda'n mynd, ond i lawr y ffordd i Dreganna. A Robin oedd yn byw yno ar ei ben ei hun, nid Robin a Miriam a Sara – ar wahân i'r ddwy noson bob bythefnos pan gâi Sara fynd i aros at ei thad. Gallai Gwenda fod wedi dweud y cyfan wrthi. Eto. Ond wnaeth hi ddim.

'Wela i mo Sara tan y flwyddyn newydd wedyn.'

'Blwyddyn newydd… dwi ddim 'di arfer efo hon eto,' hyffiodd Mair. Doedd amser ddim yn gweithio yn yr un ffordd i bobol fel Mair.

'Beth 'yt ti'n golygu addunedu 'te?' holodd Gwenda.

Cododd Mair ei hysgwyddau'n ddi-hid a syllu allan drwy'r ffenest. Tynnodd eto ar ei sigarét i'w gorffen. Ffliciodd hi drwy'r ffenest a'i chau ar unwaith. Teimlodd Gwenda'r oerfel yn cyrraedd ei hesgyrn, ond doedd Mair ddim fel petai'n sylwi arno.

Yna, gwelodd Gwenda rywbeth yn pasio'r ffenest tu ôl i Mair.

'Eira! Ma hi'n bwrw eira,' gwaeddodd yn llawn cynnwrf, fel plentyn deng mlwydd oed.

'Ych a fi,' meddai Mair, heb hyd yn oed edrych.

*

Beth tasan ni'n dau'n cario copi o'r *Guardian*?

Bydd hanner Paddington â chopi o'r *Guardian* dan ei fraich!

Copi o *Ulysses* yn fy llaw dde 'ta. A chditha 'run fath. Fedrwn ni ddim methu'n gilydd felly.

Does gan neb ryw lawer i'w ddweud wrth yr hen Joyce y dyddiau hyn.

Wn i ddim fyddai'r Gwyddelod, na'r llu sy'n dal i ddathlu Bloomsday'n cytuno efo ti.

Ta waeth. Edrych ymlaen at eich cyfarfod, Mr Bloom.

Yn Saesneg wrth gwrs. Fyddai John byth wedi meiddio cwrdd â Chymraes. Gwlad rhy fach a phawb yn nabod ei gilydd. Cafodd gythraul o fachiad yn Karen Thompson. Blond, pum troedfedd deg modfedd, beniog, ddiddorol, rhoi clust iddo, ac addewid cynnil, anadliad pili-pala o gynnil, o fwy. (Pump allan o bump, heb air o gelwydd, meddyliodd Gwenda – ar wahân i'r addewid, wrth gwrs.)

Cyfarfod am 7.30 yn yr orsaf. Pryd o fwyd am 8.00. Adre i Islington wedyn a byddai John yn aros tan y bore. Derbyniodd Karen y trefniant yn ddigwestiwn, a gwyddai fod hynny ynddo'i hun yn rhoi'r tamaid lleiaf o obaith i John na fyddai'n treulio'r nos ar ei ben ei hun. Hawdd oedd twyllo dyn fel John.

Ar ôl cadarnhau trefniant Llundain, cynllun Gwenda oedd gadael iddo fynd yno a dod yn ei ôl, ar siwrnai seithug. Byddai hi wedyn yn bygwth dweud wrth Mair pe bai'n cael ei ddenu i siarad â merch ddieithr drwy ei gyfrifiadur eto. Gallai fygwth yn ddienw, neu beidio. Câi weld.

Fawr o sgam mewn gwirionedd, ond gwnâi'r tro i roi cic fach ddigon taclus iddo wrth basio. Rho honna lan dy dintws a smoca hi, Leopold Bloom!

11.

Draw yn stafell Siôn, roedd Rachel wedi gyrru e-bost arall, y chweched heddiw:

Rachele0291: Mam yn conan moyn fi dynnu bys mas a halodd hi fi i siopa. Nage hotel wy'n gadw 'ma, medde hi. Beth ddigwyddodd i'r gymdeithas symffing ffor nyffing?! Gwenwno distop bo fi'n byw a bod o flan y sgrin 'ma. Ffili wito sboi'n wthnos nesa! Big Apl, hiyr ai cym! Fi moyn ti ddod â'r jîns racs 'na. Blincin fenyw ar y til yn Tesco – MAM HALODD FI 'NA! – yn bogin mynd mlan am 'yn Clubcard i a wedes i bo fi ddim moyn i nhw na'r Brawd Mawr wbod popeth amdano fi. Shgwlodd y ferch ar y til arno fi'n dwp reit. Pwy yw hwnnw 'de? Hwnna ma'r bachan gwallt hir a glasses 'na'n canu amdano fe, ife? Meic rwbeth... Gymres i ache i witho mas taw Meic Stevens odd 'da hi a taw'r Brawd HOUDINI odd hi'n feddwl. Foddres i ddim egluro.

Sionibricamoni37: Haha! LOL! Sai'n dod â jîns racs! Nage hipi 'yf i. Sdim ishe esgus bod yn dlawd i weud bo ni'n troi cefen ar gorpocratieth! Fydd hi'n o'r yn NY amser 'ma o'r flwyddyn a so jîns racs yn mynd i gadw fi'n gynnes.

Rachele0291: Nage i TI, y llo, i FI!!! Wy moyn gwishgo nhw.

Sionibricamoni37: O!!!!!!!!!!!!! Iawn. Gei di fod yn o'r os 'na beth ti moyn.

Munudau di-e-bost. Trodd Siôn yn ôl at lunio posteri. Yna, ping:

Rachele0291: Siôn, wy newydd ga'l e-bost 'tho Against the Current. Sai'n gwbod shwt ti'n mynd i gymryd hyn, ond ma'n nhw moyn rhoi cyfweliad i fi. Moyn cwrddyd pan ni draw. Jyst *'informal chat'*, CV, math 'ny o beth.

Sionibricamoni37: Y job 'na ot ti 'BYTH BYTH mynd i gal'.

Rachele0291: Sai byth YN mynd i gal hi. *'Informal chat'* ma'n nhw'n gweud. Moyn i fi ateb.

Sionibricamoni37: Os ti byth yn mynd i gal hi, beth yw'r pwynt afradu amser i gwrddyd â nhw am *'informal chat'*.

Rachele0291: Os ti ddim moyn fi fynd, af i ddim.

Sionibricamoni37: Na, cere. So fe fel set ti'n mynd i gal cyfle cystal â hyn ar hast.

Rachele0291: Ti'm ishe fi fynd.

Sionibricamoni37: Wedes i ddim o 'ny.

Rachele0291: Siaradon ni am hyn. Dros dro fydde fe.

Sionibricamoni37: Allen i aros mas 'na 'da ti.

Rachele0291: Beth wede dy fam am 'ny?

Sionibricamoni37: Fydde rhaid iddi dderbyn e.

Rachele0291: *Fighting talk*. Greda i 'na pan wela i fe. Ma NY reit yn ganol pethe. Tshans i ddod i nabod calon y byd ariannol, Wall Street, y World Bank, *what makes it tick*.

Sionibricamoni37: Ti'n swno fel set ti moyn bod yn rhan 'no fe.

Rachele0291: Nabod e, i aller slato fe. Nele fe les i 'nhraethawd i. America, o'r tu fewn.

Sionibricamoni37: Ti'n swno fel se'r job yn y bag 'da ti'n barod.

Rachele0291: So ti'n gadel i fi fod bach yn ecseited?

Sionibricamoni37: Nagw, cariad. Sai yn.

Rachele0291: Licen i sen i gyda ti i fi ga'l gweld os taw jocan wyt ti neu os wyt ti wir yn meddwl 'na. Drych, wy'n mynd i anghofio am y job a'r cylchgrawn am nawr. Dodi'n feddwl ar y trip a'r brotest. Ac ar BLYDI TESCOS 'TO!!!!!!! Ma Mam newydd ddodi'i phen rownd drws – anghofies i bapur ty bach. Calamiti!!! Bant â fi at honna a'i Brawd Houdini 'to. Siarada i 'da ti wedyn 'ny. XXXXXXXXXXXXXXXXXXXXXXX

*

Doedd hi ddim eisiau iddo fynd i ffwrdd i'r coleg, am y byddai'r coleg yn bell pe bai'n rhaid iddo ddod oddi yno ar frys mewn argyfwng. Doedd hi ddim eisiau iddo aros yng Nghaerdydd chwaith am y byddai Caerdydd yn llawer tebycach o wynebu argyfwng na Bangor neu Aberystwyth neu Aberdeen neu lle bynnag. Ond o leiaf, o fod wedi aros adre, pe dôi i'r gwaetha, byddai gobaith y caen nhw ill tri farw efo'i gilydd. Roedd John wedi dweud wrthi – pan leisiodd hi gyfran fach fach o'i phryder – am beidio â bod mor wirion, felly roedd hi'n gaeth i'w hofnau, a'r unig arf oedd ganddi yn eu herbyn oedd yr ailadrodd a wnâi dan ei gwynt bob tro y camai'r bachgen, neu John, dros riniog y drws: 'bydd yn saff, bydd yn saff, bydd yn saff,' deirgwaith, am mai tri oedd rhif ei duwiau. Doedd neb yn clywed y geiriau, ond roedd hi'n dal i obeithio bod rhywun yn gwrando.

Bu'n tyrchu'n drwyadl drwy'r llyfryn 'Beth i'w wneud be bai argyfwng yn digwydd' o'r eiliad y glaniodd drwy dwll y post.

Twyllodd ei hun ers deng mlynedd na fyddai Siôn yn un am fynd ar wyliau. Doedd hi ddim yn dymuno iddo fyw yn yr un ofn oedd yn gysgod beunydd beunos drosti hi. Diolchai na fu ei mab i ffwrdd o Gymru ar drên, ar awyren, mewn bws na char ers y diwrnod. Fyddai hi byth wedi gallu ymdopi, a diolchai'n dawel bach mai casáu America oedd Siôn yn ôl pob golwg, yn hytrach na bod eisiau teithio draw yno.

A nawr, roedd y dyfodol wedi dod yn ôl i'w chyfarfod hi, a Siôn ar fin mynd i Efrog Newydd ar awyren.

Gosododd baned ar y bwrdd bach wrth ymyl gwely Siôn – yr unig le ar ôl yn y stafell heb focs electronig yn hawlio'r gwacter (heb gyfri'r cloc-radio di-waith). Ni thynnodd Siôn ei lygaid oddi ar y sgrin o'i flaen.

'Ty'd â'r gwpan lawr wedyn. Dwi'm isio gorod 'i chlirio hi o dan dy wely di mewn mis neu ddau.'

Nid atebodd Siôn. Prin y sylwodd arni. Prin y clywodd hi, a phrin roedd e'n gwrando.

'Siôn?'

'Yy?' Heb edrych arni.

'Ti'n 'y nghlwad i?'

Canolbwyntiai ar ei sgrin, a ymddangosai beth wmbreth yn bwysicach na'i fam. Nid oedd modd iddi wybod mai ei chysgod hi oedd ar gyrion ei feddyliau, mai hi'n unig a'i rhwystrai rhag gallu dirnad dyfodol, am ryw hyd, yn Efrog Newydd gyda Rachel. Gwyddai, heb edrych, ei bod hi'n dal heb wisgo ers y bore, ac am ryw reswm, hynny oedd yn aflonyddu fwyaf arno: y bron-â-bod-yn-normal-ond-ddim-cweit. Byddai ei gweld hi'n udo a sgrechian wedi bod yn haws.

Aeth Mair o'r ystafell. Roedd John eisoes ar y grisiau, a'i baned yn ei law.

'A' i â hon i 'ngwely.'

'Wedi blino?' gofynnodd Mair. ''Mond deg o'r gloch ydi hi. Ma *House* ar fin dechra...'

'Braidd,' meddai John.

'Ti'm isio gorflino a chditha'n mynd i Lundan fory.'

Trodd John am eu llofft, cyn ailfeddwl, a'r angen i roi esboniad yn amlwg yn pwyso arno. 'Yli, swn i'n gofyn i chdi ddŵad hefo fi ond gan mai dim ond siarad hefo'r boi 'ma fydda i, fydd o fawr o brêc i chdi... a jest rhag ofn fydd 'na dywydd mawr.'

'I be swn i'n mynd i Lundan?' atebodd Mair, fel pe bai'n methu dirnad pam y byddai'n awgrymu peth mor hurt. 'Ond dwi'm isio bod fama'n hun os oes 'na *power cut*, cofia.'

Hi ei hun a'i nos. Roedd cysur mewn trydan, mewn gweld. Tystiolaeth y synhwyrau i'w chadw yn ei synhwyrau hi.

'Fyddi di ddim, ma Siôn 'ma.'

'Ydi o?'

'Wel, ydi siŵr!'

Ar ôl iddo droi ei gefn arni, aeth Mair i lawr at y bocs a gwasgu botymau'r teclyn i redeg drwy'r sianelau.

*

Pawb yn yr *House* yn cysgu... hyd yn oed Debs, a sna'm pwynt gwylio llond stafall o bobol yn cysgu, er 'mod i wedi gneud cyn hyn, Mars. Dyna ydi'r drwg efo *House*, does 'na ddim digon yn digwydd ynddo fo pan maen nhw'n cael gwely cynnar.

Sgin i'm mynadd sbio ar y bocs, Mars, dim mynadd mynd i'r gwely, dim mynadd efo dim.

Diffoddodd Mair y teledu a stwna am funud neu ddau wrth geisio codi fflyff o'r carped wrth ymyl y wal. Trodd at y stydi. Roedd y nosweithiau diwethaf o orwedd yn ei gwely'n gwrando ar glic, clic, clic llawn cynnwrf yr allweddell dan fysedd John hyd at berfeddion, a'i chodi yn y bore i'w weld o'n dal yno, yn chwysu, wedi ennyn rhyw chwilfrydedd ynddi a fu'n farw ers deng mlynedd.

Goleuodd y sgrin.

Ddyliwn i ddim. Dwi'n gwbod hynny. Mae sbio ar fusnas pobol ar sgrin fatha sbio ar 'u busnas go iawn nhw.

Ond fo 'di 'ngŵr i, 'nde? A dwisho gwbod be sy'n 'i gaethiwo fo wrth y bocs 'ma, yn 'i ddwyn o oddi arna i, Mars.

Neidiodd bocs bach i ganol y sgrin i'w hysbysu hi – i'w hysbysu fe – fod angen cyfrinair. Syllodd Mair ar y sgrin yn ddall, yn llawn bwriadu ei diffodd, diffodd y cyfan a throi am oriau effro yn y gwely a chwyrnu John.

Y peth ydi, Mars... mi swn i'n licio gwbod am unwaith... gwbod be sy 'na i ddŵad. Ma'i ben o'n llawn o *Pentre Ni* a *Stiwdants*, fisoedd ar y blaen i be dwi'n wbod, a mi sa'n braf gwbod... medru deud wrth Gwenda be sy'n dod. Ddim bod Gwenda'n cymyd arni fod hi isio gwbod, ond dwi'n gwbod 'i bod hi, yn ddistaw bach.

Mae o'n gwasgu botwm i dywyllu'r sgrin bob tro dwi'n cer'ad mewn 'ma hefo panad iddo fo. Meddwl amdana i mae o, chwara teg iddo fo, ddim isio sbwylio'r stori i mi. A fedra i bob amser ddiffodd o os gwela i ormod, a phenderfynu 'mod i'm isio gweld...

Ond fedra i'm pasio'r peth *password* 'ma be bynnag.

Teipiodd 'John' yn y blwch a chael neges i ddweud *'password denied'*. Roedd hi ar fin ei ddiffodd pan benderfynodd roi un cynnig arall arni. Teipiodd y gair, yr enw, oedd yn troi a throi yn ei phen bob munud o bob dydd – MARGED.

Daeth y sgrin yn fyw. Myrdd o wahanol ddewisiadau, gwahanol gyfeiriadau, pob un yn fyd bychan pellach o wahanol ddewisiadau, gwahanol gyfeiriadau... pa un?

Syllodd ar y rhestr o ffeiliau blith draphlith... Stiw459, PN5:79, 1Stiw35, PENT735, Ptn631:7... a daeth y syniad iddi y medrai hi roi gwell trefn ar y llanast. Medrai gynnig i John ei bod hi'n ailenwi'r ffeiliau, eu gosod mewn trefn, dileu hen gyfresi, a chadw'r rhai cyfredol ar ddisgiau rhag ofn...

Medrai fod yn gymaint o gymorth iddo.

Anniben fuo fo rioed! Yli, llanast! Ffeiliau'n bob man, *Stiwdants* a *Pentre Ni* drwy'i gilydd i gyd! Be nawn ni hefo fo, d'wa? Mi a' i i Smiths fory i brynu stoc go iawn o ddisgia i gopïo be mae o isio'i gadw arnyn nhw, clirio un neu ddwy o'r silffoedd 'ma tu cefn i mi i neud lle iddyn nhw... tacluso'i ffeilia cownts o. Ddangosa i iddo fo 'mod i'm yn hollol dwp! Dyma dwi'n neud bob dydd 'de... sbio ar sgrin, cadw trefn ar waith swyddfa. Grea i ffolder iddo fo ar gyfer y gyfres yma o *Pentre Ni* a ffolder arall i *Stiwdants*, a ffolder i'w gownts o... arian i mewn, arian allan... fydd o'm isio cyfrifydd, arbad rwfaint o bres. 'Na i'r gwaith iddo fo! Fedra i fod yn ysgrifenyddes iddo fo, yn Gynorthwy-ydd Personol, Mars!

Be 'na i rŵan? Cau'r cyfan, anelu am y cae sgwâr...? 'Ta cymyd un cipolwg bach sydyn ar y bennod ddiweddara sy gynno fo o *Pentre Ni*? Beryg mai'r un efo'r rhif ucha fydd hwnnw... er sna'm byd yn bendant ac ystyried cymaint o annibendod sy gynno fo, bechod!

Pentre Ni? 'Ta *Stiwdants*? Neith un cip bach ddim drwg, a fydd neb ddim callach. Pa ddrwg nela fo mewn gwirionedd. *Pentre Ni* 'ta *Stiwdants*, Mars?

Gwasgu'r llygoden roedd hi pan saethodd bocs bach arall i'r golwg ar ymyl y sgrin i ddweud fod neges wedi cyrraedd:

Meddwl falle se well tase 'da ni bobi ymbarél hefyd. Sai isie gorfod edrych ar glawr bob llyfr fydd yn cael ei gario gan rywun yn Paddington! O leia fel 'ny, alla i gyfyngu pethau i edrych ar gloriau llyfrau dynion sy'n cario ymbarél! Edrych 'mlaen yn ofnadwy, John, neu ddyliwn i dy alw di'n Mr Bloom...? KarenXXXXXXXXXXXXXXXXXXXXXXXXXXXXXX

Rhyfadd gweld dy dad yn sgwennu'n Susnag, Mars...

Gwasgodd fotwm arall a gweld y neges gynt, a'r un cyn honno... cyn penderfynu diffodd y sgrin. Ceisiodd roi trefn ar ei meddyliau. Doedd hi ddim yn nabod y John 'ma oedd hefyd yn Mr Bloom.

Ond arhosodd gyda hi yn ei sgyrsiau efo Marged, drwy oriau'r nos, nes iddi ddisgyn i gysgu ar y soffa, o flaen lluniau *House* yn cysgu'n drwm ar y sgrin deledu o'i blaen. I be fyddai cynhyrchydd teledu eisiau'i gyfarfod yn Paddington, gofynnodd i'w merch. A pham y fath gyfrinachedd, y fath ddrama? A Mr Bloom...? Ai dyna oedd enw, enwau'r cynhyrchwyr? Ond fe alwodd y Karen 'na *fe* yn Mr Bloom...

Ar *Angel Gardens*, mi oedd Joe Wilkins yn gneud petha na ddylia fo drosd y we... yn siarad efo genod yn y *chatrooms*... sna'm byd i ddeud mai dyna mae dy dad wedi bod yn neud... ond be am y cusana 'na? Be oedd rheina, Mars?

A mi gafodd Joe Wilkins goblyn o sioc pan gwelodd o be-oedd-'i-henw-hi, Sharon Gates! Ia, pan welodd o Sharon Gates yn y dafarn, 'im byd tebyg i be oedd o 'di feddwl fysa hi.

Geiria ar sgrin ydan nhw'n diwadd... a tydan nhw'm wedi cwarfod. Ella mai chwaer Sharon Gates 'di Karen. Chwaer hyll Sharon Gates. Siom geith o.

Sgin i'm syniad be i neud, Mars. 'I roid o allan o 'mhen, debyg. Peidio meddwl amdano fo ac mi eith i ffwrdd. Deud dim sy ora, deud dim, deud dim.

Compiwtar ydi o'n diwadd, ac mae o'n llawn o storis eraill.

Yli, ma Debs 'di deffro ar *House*, isio mynd i bi-pi. Bechod na fysa un o'r lleill yn effro iddi gael siarad efo rhywun.

Dduda i ddim gair, dim byd, Mars, dyna sy ora, deud dim.

12.

Rhoddodd Gwenda'r gorau i deipio wrth glywed y gwynt yn chwyrlïo tu allan. Rhoddodd y trydydd bar ymlaen ar y tân trydan a gwasgu switsh y golau; er nad oedd hi eto'n ganol prynhawn, roedd hi'n dywyll tu allan, a'r storm wedi tynnu'r nos dros unrhyw weddill oedd i'r dydd.

Roedden nhw wedi dweud wrthi am beidio trafferthu dod i'r gwaith gan nad oedd sicrwydd o ddod oddi yno'n ddidrafferth, a'r eira'n cau i mewn. Gwnaeth ddefnydd o'r amser i weithio ar ei haseiniad. Deirawr yn ddiweddarach, fodd bynnag, teimlai nad oedd hi'n cyrraedd unman – dyna'r drwg gyda dewis rhywun roedd hi'n ei hadnabod yn destun aseiniad. Doedd hi ddim yn gallu bod yn wrthrychol. A dyma hi nawr, drwy ei hawydd i ddysgu gwers i John, wedi ei gosod ei hun ynghanol sefyllfa Mair.

Doedd hi'n sôn dim am hynny yn yr aseiniad wrth reswm. Ond roedd yr hyn roedd hi wedi'i wneud drwy gyflwyno Karen, yn effeithio ar Mair bellach.

Roedd hi wedi taro ar draws y ffordd bore 'ma i ddweud wrth Mair mai adre fyddai hi heddiw os oedd hi'n teimlo fel picio draw. Doedd hi ddim yn disgwyl y gwnâi Mair hynny, ond roedd hi'n ei ddweud beth bynnag, am mai dyna mae ffrindiau yn ei ddweud. Roedd golwg ar Mair, ei gwallt heb ei frwsio, ei hwyneb heb ei golur, a'i llygaid yn wyliadwrus. Heb unrhyw ragymadrodd, dechreuodd sôn am stori oedd wedi bod ar *Angel Gardens* rai wythnosau ynghynt, un yr oedd Gwenda â rhywfaint o gof amdani.

'Nath Joe Wilkins gwarfod rhywun dros y we. Ti'n cofio? Sharon Gates?'

'Ddim honno droiodd allan i fod yn fynydd o ddynes dri deg stôn?'

'Thirty *four* stone!'

Rhaid bod Mair wedi gweld ei gyfrifiadur e wedi'r cyfan, barnodd Gwenda. Go brin y byddai John wedi cyfaddef wrthi.

'Pam ti'n sôn am hynny nawr?' holodd Gwenda.

'Dim rheswm,' meddai Mair, a chau ei cheg yn glep.

Bu bron i Gwenda gyfaddef bryd hynny, er mwyn cysuro Mair. Dyna ddylai hi fod wedi'i wneud. Ei harbed rhag poeni drwy weddill heddiw, drwy fory, nes i John ddod yn ei ôl...

Dysgu gwers i John, dyna oedd hyn. Ac er mwyn gwneud hynny, rhaid oedd iddo chwilio'n galed am Karen yn Paddington cyn cael clywed nad oedd hi'n bod. Doedd dim dal a fyddai Mair yn dweud wrtho pe bai Gwenda'n cyfaddef y cyfan wrthi, a doedd hi ddim am fentro hynny.

Ar ôl buddsoddi cymaint o amser yn ei chreadigaeth, doedd Gwenda ddim am iddi ddiflannu'n rhy ddisymwth.

*

Roedd John wedi estyn bag ysgwydd o ben y cwpwrdd.

Safai Mair rhwng y stydi a'r lolfa, yn gwylio'r cyfrifiadur yn cysgu am unwaith. Mentrodd ofyn iddo oedd raid iddo fynd, a'r eira'n dal i ddisgyn... a dywedodd *fod* rhaid, fod y gobaith o gael cyfres – a honno'n gyfres Saesneg – yn gyfle rhy dda i'w golli.

'Tydi hi ddim wedi stopio ers bora, John.'

'Oes 'na sana glân yn cwpwr' êrio?'

'Oes. Beryg fydd y trena'm yn rhedag.' Pe bai hi'n dweud, yn cyfadde'i bod hi'n gwybod, âi e ddim.

Ond deud dim sy ora, meddai wrth Marged yn ei phen. Deud dim, deud dim, deud dim.

Doedd hi ddim eisiau cyfaddef, creu llanast, ymroi i argyfwng. Daliai i obeithio na fyddai'r trenau'n rhedeg fel na fyddai angen trafod y daith i Lundain a'r cyfarfyddiad – fel bod rhywbeth arall yn rhwystro'i we-garwriaeth, rhywbeth heblaw amdani hi.

Ond beth ddôi wedyn, meddyliodd. Beth wedyn? Dôi'r tro nesaf, a thywydd braf a threnau'n rhedeg, a byddai ar ei ffordd i Lundain unwaith eto.

Mr Bloom, meddai hi wrtho yn ei phen, ac yn ei phen, fe ddelwodd John. Fel'na. Stopio symud, stopio anadlu. Wrth iddi ddweud 'Mr Bloom' wrtho. Ond yn ei phen roedd hynny. Daliai John ati i blygu ei grys gorau'n daclus daclus.

Mr Bloom, meddai hi eto yn ei phen, pwy ydi Karen?

Byddai'n darllen yr anghrediniaeth ar ei wyneb fod ei wraig fach ufudd yn gnawes ddichellgar. Hen gnawes ddichellgar ydw i, Marged, yn difetha bywyd dy dad.

Pwy ydi hi? Dwn i'm am be ti'n sôn. Paid ti mentro gwadu! Y wraig fach ufudd yn gwylltio. Yn ei phen.

'Wyt ti 'di bod yn sbio drw 'ngwaith i...?' fyddai e'n ei ddweud wedyn, yn gyhuddgar tu hwnt. 'Gwaith, o ddiawl,' fyddai hi'n ei ddweud. 'Yli, be bynnag dwi'n ca'l 'y nghyhuddo o neud– ' 'Ers pryd ti 'di bod yn cysylltu hefo hi?' ar ei draws. 'Cysylltu hefo pwy?' Byddai'n dechrau drysu wrth chwilio a chwalu drwy'i ben am ffyrdd o wadu. 'Karen! Drosd y we! Yli...' Yna, byddai hi'n llamu at y bag dros nos yn ei law ac yn tynnu'r cynnwys ohono. Brwsh a phast dannedd, tywel bach a thrôns. Yn eu taflu nhw dros y lle ym mhobman, nes dod at y sbrê-oglau-neis. 'Efo hwn oedda chdi'n bwriadu'i tsharmio hi...? Yr un stwff ag wyt ti'n sblasio ar dy wynab cyn i ni ga'l secs...?' 'Pa secs?' fyddai e'n gofyn wedyn. 'Dwi'm yn cofio secs.'

Yna byddai'n gwadu eto, a hithau'n goleuo'r cyfrifiadur, ac yn llithro'r saeth yn ddilyffethair ar draws y sgrin. Cyfrinair. A byddai yntau wedi hen redeg allan o esgusodion wrth wynebu'r dystiolaeth. 'Paid!' Byddai'n swnio'n llywaeth nawr. 'Ga'n ni weld sut 'waith' dio, ca'n!' 'Sna'm isio hyn,' fyddai yntau'n pledio. 'Be sa'n haws nag i fi sbio ar dy gyfrifiadur di?' fyddai hi'n ei ddweud. 'Oedd 'na'm isio gradd mewn rocet seiyns i fi ffendio dy baswyrd di. Oedda chdi *isio* i fi weld?' 'Ddylsa chdi byth... *byth*... sbio ar negeseuon pobol erill,' fyddai e'n ei ddweud wedyn fel pe bai'n ei rhybuddio i gadw rhag neidio dros glogwyn neu wthio ei bys i soced drydan. 'Damia las! Chdi dy hun ti'n brifo!' 'Ti byth yn siarad hefo fi am be dwi'n licio, fatha ti'n neud efo hi! Ti byth yn *siarad* hefo fi, ffwl stop!'

Dyna fel byddai. Ac wedyn, dôi'n amser am yr hysbysebion.

Deud dim sy ora, deud dim sy ora, deud dim sy ora.

'Lle ma'n sgidia gora fi?'

Mynd i chwilio amdanyn nhw roedd Mair pan ddiffoddodd y golau, a'r peiriannau yn y gegin i gyd, a'r cyfrifiaduron drwy'r tŷ, a'r teledu a'r seibrfyd yn gyfan nes mynd yn ddim ond bocsys gwag i gyd yn y tywyllwch, oedd yn ei chau hi rhag ei synhwyrau.

'Ma gola 'di mynd!' gwaeddodd ar John. Er mai dim ond hanner awr wedi tri y prynhawn oedd hi, roedd y tŷ'n llawn o dywyllwch llwyd-las.

Daeth llais Siôn o'i stafell:

'Mam! Sdim *sodding* lectric 'da ni!'

13.

'Lle wyt ti'n cadw canhwylla?' bloeddiodd John o fyny grisiau.

Teimlodd Mair ei ffordd i'r gegin gan ddychmygu'r ellyllon yn ei gwylio o'r cysgodion.

'Pryd bydd e 'nôl?' gwaeddodd Siôn fyny grisiau.

'Ddim fi 'di Bwrdd Lectric,' clywodd Mair John yn gweiddi 'nôl arno wrth iddo ddod i lawr y grisiau.

Chwilota yn y droriau, a dim canhwyllau.

Fysa Sylvia Hodges 'di daflyd o allan gerfydd 'i glust. Ond be swn i'n neud hebddo fo yma, fatha cysgod...? Dio'm yn deud llawar... ond dwi'n gwbod 'i fod o yma! Dw'm yn disgwl i chdi gytuno... ma'n dad i chdi'n diwadd. Ond sut dwi fod i edrach arno fo rŵan... a gwbod? Ella'i fod o'n iawn... ella mai angan iddo fo'i chwarfod hi sy... 'i cha'l hi allan o'i system. Mond bod hynny'n gambl. Fedra i ddim deud. Pobol ar y teledu sy'n deud. Ddim fi. Deud dim sy ora.

A'r blydi gola 'ma! Toedd 'na byth *power cuts* pan oedda chdi hefo ni.

Deud dim, Marged. Mi fydd Siôn hefyd yn 'y ngadael i'r wythnos nesa. Fedra i ddim meddwl am hynny chwaith. Dwi'n mynd i'w golli fo hefyd, fedra i deimlo fo, a be wna i? Fedra i ddim ei glymu fo yn ei lofft – taswn i'n medru, dyna faswn i'n ei wneud. Be 'na i pan fydd o yn yr awyr, a dim byd ond awyr yn 'i ddal o fyny? Fedra i glywed y plismon rŵan yn deud am y ddamwain, am yr injans yn methu o un i un, am y bom, am y ffrwydrad.

A John yn mynd i neud be mae o'n mynd i neud... deud dim, deud dim, deud dim.

'Stopia neud hynna!' Daeth llais John yn ei hymyl yn greulon o siarp.

'Neud be?' holodd Mair.

'Mwmian o dan dy wynt.'

'Tydw i ddim, siŵr.'

Clywodd John yn ebychu mewn diflastod wrth agor drôr, a sŵn ei fysedd yn chwilota drwy'r cynnwys am ganhwyllau. Rhegodd, a chau'r drôr yn swnllyd. Clywodd ef yn bustachu'i ffordd o'r gegin.

Daeth Gwenda i mewn drwy'r drws cefn a bu bron iddo gael ei chwipio o'i dwylo gan y gwynt. Y tu mewn, yn ei chegin led-dywyll, gallai weld amlinell Mair yn gafael am ei breichiau rhag yr oerfel a ddaeth i mewn gyda Gwenda, neu rhag y tywyllwch. Bustachodd Gwenda i gau'r eira yr ochr arall i'r drws cyn brwsio'r cnu gwyn oddi ar ei dillad.

'O's angen canhwylle arnot ti?' Tynnodd lond llaw o ganhwyllau bach o boced y got fawr dyffl a wisgai amdani. 'Rhei ohonon ni'n paratoi'n well na'n gilydd...'

Gosododd y canhwyllau yn nwylo Mair a gwneud yn siŵr fod y bocs matsys yn mynd i'w canlyn. Clywodd Mair yn estyn soseri a chynnau fflam.

'Diolch byth!' ebychodd, a gallai Gwenda weld fod ei hwyneb yn wyn. 'Ma'n nhw'n gyrru pobol i'r gofod a gwllwng bomia, ond fedrwn ni ddim berwi teciall gynnyn nhw munud daw hi'n dywydd.'

'Lle ma John?' holodd Gwenda. 'Yw e 'ma?'

'Pam na ddylia fo fod?' holodd Mair yn siarp.

'Ti wedodd 'i fod e'n mynd i Lunden,' meddai Gwenda.

'Ddim yn y tywydd yma,' meddai Mair. 'Eith o ddim yn y tywydd yma, siŵr.'

Clywai Gwenda sŵn agor droriau yn y stydi.

'Eith o ddim yn y tywydd yma,' meddai Mair drachefn, yn fwy wrthi'i hun nag wrth Gwenda. Sylwodd Gwenda arni'n pawennu ei hewinedd fel cath yn dioddef llosg eira.

'Canhwylla!' meddai John wrth ffrwydro i mewn i'r gegin. 'Ga i un? Rhaid i fi ffonio, dwi'n gweld dim byd.'

Estynnodd am gannwyll oddi ar y bwrdd a'i thanio ar unwaith cyn ei chario allan at y ffôn yn ei stydi.

Methodd Gwenda â gwrthsefyll yr ysfa i alw ar ei ôl:

'Ei di ddim i Lunden yn y tywydd 'ma.'

Ond roedd John yn deialu, a chariai ei lais diamynedd atynt o'r stydi.

'Hello? I want to know if the train to London – What? Well, let me speak to someone who – yes, Cardiff to London.'

Roedd mwy o gynnwrf yn ei lais nag a glywsai Gwenda ers amser hir.

'Yes! The five forty-five. Well, when *will* you know?'

'Eith o ddim i Lundan yn hwn,' meddai Mair wedyn

fel pe bai'n ailadrodd mantra, a'i llygaid yn fwy yng ngolau'r gannwyll nag oedden nhw go iawn.

Diflasodd Gwenda a difaru eto iddi gychwyn ar gêm Karen. Arni hi oedd y bai am wewyr Mair, a doedd dim byd allai hi ei wneud yn ei gylch bellach. Ofnai y byddai datgelu'r gwir yn dymchwel y tŷ am eu pennau.

A phe na bai Karen wedi'i rwydo, meddyliodd wedyn, byddai Linda o Leeds wedi gwneud hynny, neu Beryl o Birmingham, neu ddyn a ŵyr pwy arall.

'Gad iddo fe fynd,' meddai Gwenda wrth Mair. 'Pwy ddrwg nele fe?'

'Ti ddim yn dallt,' meddai Mair gan bigo pigo ar ei hewinedd, a dechrau symud ei gwefusau wrth iddi siarad â Marged. Gwelai Gwenda hi'n glir yng ngolau'r gannwyll. Ai ddim yn sylweddoli fod Gwenda'n ei gweld oedd hi, neu ddim yn poeni?

Deud dim, deud dim, deud dim.

Roedd llais John yn gweiddi i'w ffôn:

'What?! You can't be more specific than that?'

*

Ar ei gefn ar ei wely, chwarddodd Siôn yn uchel am ben ei banig ei hun. Yr holl bregethu roedd e wedi'i wneud am y cwmnïau mawr yn rhedeg ein byd ni, yn difa'r cenhedloedd bach drwy lywodraethu dros holl farchnadoedd y byd modern, a dyma fe, yn methu byw am funud heb drydan, heb beiriannau'r cwmnïau mawr yn cysylltu pawb â'i gilydd.

Estynnodd am ei ffôn symudol o boced ei drowsus.

'Hei Rache, sdim gole 'ma. Oes gole 'da ti?'

'Nag o's. Ma fe mas yn hanner y ddinas.'

'O's tacsis dal yn mynd?'

'Sai'n gwbod, wy'n ame.'

'Gerdda i.'

'Na nei di ddim! So hwn yn dywydd i whare 'dag e.'

'Wy moyn bod 'da ti,' cwynodd Siôn mewn llais babi.

'Dere draw bore fory pan fydd hi'n oleuach.'

'Beth wy fod i neud nes 'ny?'

'Faint o fatri sy'n dy ffôn di?' Newidiodd tôn ei llais. 'Galla i awgrymu cwpwl o bethe i ti neud yn y twllwch...'

*

Pwniodd John y ffôn yn ôl i'w grud a methu ag anelu'n gywir yn y tywyllwch. Pwniodd y teclyn eto, a llwyddo'r tro hwn.

Difarodd ei enaid na fyddai wedi trefnu i'w chyfarfod yn gynt yn y dydd, yn lle dros bryd bwyd gyda'r nos. Tynnodd ei ddwylo dros ei wyneb a gwawriodd arno pa mor bwysig oedd mynd i Lundain at Karen iddo bellach, ers iddyn nhw feiddio gwyntyllu'r awydd i gyfarfod â'i gilydd.

Doedd dim modd o beidio mynd bellach – teimlai ei gyhyrau'n gwegian wrth feddwl am fethu ei gweld. Ysai amdani, fel pe bai eisoes yn nabod pob modfedd o'i chorff.

Dychmygodd hi'n aros amdano yn yr orsaf a chopi o *Ulysses* o dan ei braich, ei llygaid yn symud dros du mewn y trenau oedd yn dal i redeg, ac yn methu â'i weld. Yn aros, aros amdano, a dim sôn amdano'n cyrraedd.

Doedd e heb ofyn am ei rhif ffôn hi, er iddo roi ei rif ffôn symudol iddi hi. Tybiai mai dyna oedd ddoethaf, er na ddwedodd hi air. Rhag ofn iddi ofni mai dihiryn oedd e, a dychryn rhag rhoi ei rhif ffôn. Roedd rhif John ganddi, a'r cyfan allai ei wneud oedd dal gafael yn ei ffôn gan obeithio y byddai hi'n ei ffonio.

A'i ffôn yn ei law, anelodd yn ôl i fyny'r grisiau i nôl ei fag. Goleuni neu dywyllwch, gallai ffonio am dacsi er mwyn cyrraedd gorsaf Caerdydd yn barod am unrhyw drên a fyddai'n anelu am gyffiniau Llundain.

At Karen ac *Ulysses*, at bethau nad oedd yn meiddio gadael i'w hun obeithio amdanyn nhw.

*

Rhaid iddi gyfaddef, rhoddai bod yn Karen rwydd hynt i ddychymyg Gwenda ymgnadwoli'n rhywun newydd, gwell. Bod arall a grewyd ar gyfer John i ddechrau, yn tueddu at ei dueddiadau a'i hoffterau yntau, ond yn fwy a mwy o berson cyflawn, annibynnol ers dechrau'r gêm roedd hi'n ei chwarae. Unwaith y gwyddai ei bod wedi'i rwydo, gallai flodeuo'r ymylon, ymestyn hyd a lled a dyfnder ei chreadigaeth. A'r hyn a synnai Gwenda bellach oedd pa mor debyg iddi hi ei hun oedd Karen.

'Mae'n broblem ym mhobman,' meddai Mair. 'Glwish

i ar radio. Hannar y wlad 'ma 'di cha'l hi ers bora, ac mae 'na fwy o eira...'

Cododd Mair ar ei thraed fel bollt, gan dorri ar ei thraws hi ei hun, wedi cael gwaredigaeth.

'Radio!'

'Ie,' cytunodd Gwenda. 'Os oes gen ti radio batri.'

Agorodd Mair ddrôr a dechrau chwilio drwyddo'n ysig.

'Gin i fatris rwla...'

'Duw, gad iddo fe. Neis ca'l tawelwch am newid.'

'Dwisho clwad...' cwynodd, 'a ma *The Hortons* yn cychwyn mewn hannar awr.'

'Bygro'r Hortons.'

'Be sy matar efo chdi?' Teimlodd Gwenda'r siom yn ei llais.

'Beth sy'n bod arnot *ti*, Mair fach? Ti'n becso am ryw Hortons sy ddim yn bod, a tithe â llawn digon o annibendod ar dy blât dy hunan.'

'O'n i isio gwbod oedd Beth Radcliff 'di deud wrth Christine fod Cliff yn chwara o gwmpas tu ôl 'i chefn hi.'

'Pa ddiawl o ots os yw hi wedi gweud?'

'Mond isio gwbod... a gollan ni *Pentre Ni* os na ddaw gola 'nôl... a *Albert Street*. Ma Liz a Jake yn pr'odi heno.'

'Am gythrel o noson i br'odi.'

'Yn Barbados. Mae'n braf yn Barbados.'

Ar hynny, glaniodd John yn y gegin. Gollyngodd ei fag ar y llawr.

'Ti'n mynd 'te,' meddai Gwenda wrth weld y bag. 'Ma raid bod y cyfarfod 'ma'n bwysig.'

'Mae o,' meddai John yn surbwch, a mynd i redeg gwydraid o ddŵr iddo'i hun.

'Oes 'da ti ddigon o fwyd yn y tŷ, a'r *hunter gatherer* yn baglu hi am Lunden?' gofynnodd Gwenda i Mair.

'Oedd Bev *Angel Gardens* yn trio'i thest gyrru heno 'fyd,' anwybyddodd Mair ei chwestiwn. 'Tybad be na'th hi?' A chofio wedyn: 'Oedd Brian Horton i weld yn dod rownd o'i goma neithiwr hefyd. Tybad neith o?'

'Tybed wir.' Methodd Gwenda â chuddio'r eironi.

'Oedd o'n haeddu strôc, cofia, a fynta 'di rhoi dwrn yn wynab y Meical bach 'na.' Roedd siom gwirioneddol i'w glywed yn ei llais: 'Fyddan ni'm yn gwbod rŵan.'

'Gei di wbod *wedyn*, cei! Pan ddaw'r gole 'nôl. A fory, os byddan nhw'n gweud bod e wedi marw, fyddi di'n *gwbod* 'i fod e wedi marw. Os 'yn nhw'n gweud fod e'n gwella, fyddi di'n gwbod 'i fod e wedi byw.'

Câi Gwenda hi'n anodd cuddio'r dirmyg yn ei llais.

Yfodd John weddill y dŵr ar ei ben.

'Nabod 'yn lwc i, geith babi Shirley 'i eni heno 'fyd. Dwisho gwbod os mai hogyn neu hogan geith hi, achos os galwith hi fo'n Scott fel oedd hi'n deud oedd hi am neud, fyddan ni'n gwbod wedyn mai Scott oedd 'i dad o.'

Daliodd Gwenda'r olwg yn llygaid John yn nhywyllwch y gegin. Y tu hwnt i'w cysgodion, roedd dyfnder o syrffed.

'Sdim ffordd o aildrefnu'r cyfarfod 'te?' gofynnodd

Gwenda iddo er mwyn osgoi sebon Mair. 'Fyddet ti'n disgwyl se fe wedi dy ffono di i ganslo.'

'Ga i dacsi o'r ffordd fawr mewn hanner awr.'

'Ma'n gnesach yn y lolfa,' meddai Mair i darfu ar y siarad am Lundain. 'Dowch, awn ni drwadd.'

*

Daeth Siôn atynt i'r lolfa wrth i John estyn carthen yr un i Mair a Gwenda i'w rhoi am eu hysgwyddau rhag yr oerfel.

Roedd John yn ôl ar y ffôn, yn methu byw yn ei groen.

'I need some assurance.'

'Mae o'n benderfynol o fynd,' meddai Mair wrth Gwenda.

'Wy'n siŵr gallan nhw aildrefnu,' meddai Siôn. 'Neu drafod dros y ffôn.'

'Anodd trafod rhai pethe dros y ffôn,' meddai Gwenda gan godi.

'Lle ti'n mynd?'

'Tŷ bach. I may be some time, fel gwedodd Capten Oates,'

'Paid â bod yn hir,' meddai Mair fel pe bai arni hi ofn cael ei gadael gyda dim ond Siôn yn gwmni yn y tywyllwch, ac yntau – gan mai dyna mae plant yn ei wneud yn y diwedd – hefyd yn penderfynu mynd a'i gadael.

*

Yn yr ystafell ymolchi, tecstiodd Gwenda:

Canslo fory. Aildrefnu eto. K

Yn y stydi, pipiodd ffôn symudol John yn ei boced i ddynodi fod neges wedi cyrraedd iddo. Gorffennodd yr alwad ar ffôn y tŷ yn fwy sydyn nag a fwriadodd, er mwyn ei darllen.

Tynnodd y teclyn allan o'i boced yn ofalus rhag i'r neges ddiflannu mewn pwff o fwg. Teimlodd ei wynt yn bachu fel plentyn ysgol ynghanol cyffro cariad cyntaf wrth wasgu i agor y neges.

Canslo fory. Llifodd rhyddhad a siom drwyddo'n un lwmp disynnwyr. Ni wyddai a ddylai neidio mewn llawenydd gan wybod na châi hi ei gadael yn yr orsaf yn chwilio am gopi o *Ulysses* nad oedd yno. Ond roedd yn siomedig hefyd ac yntau wedi edrych ymlaen cymaint. Bron na theimlai fel crio.

Daeth Gwenda i lawr y grisiau a gweld glesni golau'r ffôn symudol ar wyneb bachgen bach oedd newydd agor ei hosan Nadolig a gweld nad oedd Siôn Corn wedi trafferthu darllen ei lythyr wedi'r cwbwl. Er ei gwaethaf, ffieiddiodd Gwenda at y ffordd garbwl roedd yn byseddu neges i'w ffôn.

'Iawn, John?'

'Y?' Methu tynnu ei lygaid oddi ar fodfedd fach sgrin ei ffôn.

Daeth Gwenda ato. Symudodd John y sgrin rhagddi'n ddisymwth.

'Ti'n cymryd drwy'r dydd, 'chan,' gwatwarodd. 'Ti moyn i fi helpu?'

Gwyddai ei bod hi'n chwarae ag e, fel cath â'i phelen wlân. Ond am hanner eiliad gwelodd ofn yn y llygaid, yn yr wyneb glas.

'Ma'n iawn,' meddai John, cyn cofio ychwanegu 'diolch' bach gwamal.

Gwenodd Gwenda'n serchus arno, a throdd y ffieidd-dod a deimlai wrth ddod ato yn fymryn lleiaf o gydymdeimlad.

Pan deimlodd ei ffôn symudol hithau'n crynu'n ddi-sŵn ym mhoced ei sgert, aeth drwodd i'r lolfa.

Ar ffôn Gwenda roedd neges. A bu'n rhaid iddi gael esgus drwy fynnu mynd i'r gegin dros y lleill i estyn potelaid o win o'r rac cyn iddi gael ei darllen:

Pam? Eisiau dy weld di.

Amgylchiadau, byseddodd Gwenda.

Ystyriodd ysgrifennu mwy, ond anfonodd hynny'n unig.

Cariodd y botel a phedwar gwydryn i'r lolfa gan lusgo'i thraed ar y llawr, a'i hysgwydd ar hyd y wal rhag iddi faglu.

*

'Ma hwn yn eira gwa'th na llynedd hyd yn o'd,' meddai Siôn.

Roedden nhw wedi bod yn sipian gwin yn dawel ers

i John gyhoeddi nad oedd e'n mynd i Lundain heno wedi'r cyfan. Drachtiodd Mair lond ceg o'i gwin a'i lyncu mewn tri llwnc, i ddiolch.

'Toedd 'na'm eira tebyg i hyn yn arfer bod. Ddim tan yn ddiweddar,' meddai Mair. 'Dim ond cawod fan hyn a fan draw, sgeintiad bach ryw unwaith bob gaea.'

'Dwi'n cofio hi'n bwrw dros wylie Dolig y Mileniwm,' meddai Siôn.

'Ddim y flwyddyn cynt oedd hi?' holodd John.

'Toedd o ddim llawar,' meddai Mair. 'Ond dwi'n 'i gofio fo.'

'Drion ni neud dyn eira,' meddai Siôn.

'Ddim dwy fil a dwy oedd hynny?' holodd John.

'Nage,' meddai Siôn yn bendant. 'Dwi'n cofio achos roedd... roedd...'

Ac ni allai ddweud ei bod hi yno hefyd, gyda nhw, yn gwneud y pethau hynny na wnaethon nhw wedyn ar ôl iddi fynd.

'Ia 'fyd,' meddai John gan gofio'r un eira.

'O'n ni i gyd allan yn y cefn,' meddai Siôn. 'Gwmpodd Dad ar 'i hyd ar y rhew, a gododd e lan a wherthin fel rhwbeth ddim yn gall. Ac o'n ni i gyd yna.'

Pefriai wyneb Siôn wrth iddo gofio. Gwelodd Gwenda nad oedd Mair eisiau iddo siarad am y peth. Roedd hi'n gwingo'n anghysurus wrth ei hochr, yn methu atal ffrwd geiriau Siôn, ac yn methu ategu na gwadu rhag codi mwy ar y pridd, a dadorchuddio esgyrn Marged.

'Ti a Dad, a fi a...' meddai Siôn.

'Ma'r eira 'ma'n wahanol,' meddai Mair ar ei draws.

'Does neb call yn mynd i neud dyn eira yn hwn.'

Roedd hi'n tynnu'n ôl o hyd, yn gwrthod gadael i'r lleill weld y llun go iawn roedd Siôn yn ceisio'i ddarlunio.

'Be am i ni fynd allan fory i neud y dyn eira gora yng Nghymru?' gofynnodd John yn ddistaw o'r tywyllwch.

Cyffyrddwyd Gwenda gan dynerwch ei lais, yn ceisio cadw ei ofid ei hun dan glo, a pharhau i lywio cwch ei deulu yn ei flaen.

'Dwyt ti ddim yn gall,' meddai Mair.

'Un bach crwn fel pêl a moron yn drwyn a dwy geiniog yn llyged.'

Roedd meddwl Siôn yn dal ar y powdwr gwyn a ddisgynnodd yn sgeintiad bach tila – ond digon i deulu adeiladu dyn eira o fath – un noson ar droad y Mileniwm.

'Dan ni ddim isio i'r peipia rewi,' meddai Mair gan gadw at yr ymarferol, diogel, rhag llithro ar rew ei hatgofion hithau.

'Ma'n nhw'n iawn,' cysurodd ei gŵr hi.

'Peth dwytha 'dan ni isio ydi galw plymar allan yn y tywydd yma.'

Peth diwethaf un, meddyliodd Gwenda.

'Cyngor doeth!' cyhoeddodd Siôn. 'Peidiwch byth â byta eira melyn.'

'Be?' holodd Mair yn llawn syndod.

Chwarddodd John dros y lle, wedi deall y jôc.

'Eira *melyn*,' eglurodd ei gŵr. 'Os ydi o'n felyn, be ti'n feddwl sy wedi colli arno fo?'

'Finag?' awgrymodd Mair yn gwbwl ddi-glem.

Chwarddodd y tri arall ar ei phen.

'Oeddan ni'n chwara allan drw'r amsar pan oeddan ni'n fach,' meddai Mair wedyn yn dawel.

'Dens yn y coed,' meddai John yn fwy brwd. 'Teithia drw afon Llyfni... gneud llestri o'r mwd ar 'i gwaelod hi a'u gada'l nhw i sychu ar y lan. Wrth sbio 'nôl, swn i'n tyngu'n bod ni'n chwara allan bob dwrnod o'r flwyddyn, haul, glaw, gwynt, eira. Fysa neb yn medru'n rhwystro ni rhag mynd allan.'

'Arnon ni ma'r bai am ddŵad lawr fforma, i'r ddinas i fyw,' meddai Mair a threigl ei meddyliau'n dal i chwyldroi yn yr unfan.

'A wedyn...' dechreuodd Siôn. Gwyddai pawb pryd oedd 'wedyn'. 'Wedyn hefyd, pan o't ti Mam ddim ishe i fi fynd mas... fydden i'n mynd mas heb i ti wbod, yn cwrddyd â'r bois lawr wrth y siop.'

Roedd e'n chwarae gyda'r wialen bysgota, yn denu bachiad...

'Driish i dy stopio di... sawl gwaith,' meddai Mair. Roedd hi'n gafael...

'Allet ti ddim. Ddim bob tro,' meddai Siôn.

'Peryg 'di chwara ar stryd.'

Ddim hanner mor beryg â pheidio cael chwarae allan o gwbwl, meddyliodd Gwenda.

'Ie, 'nde.' Roedd Siôn yn byw ei atgofion. 'O't ti'n gweud 'ny drwy'r amser. A nawr 'yt ti'n dala i weiddi 'cym ofal!' o stepen drws ffrynt. *Embarrassing!*'

'Ond dealladwy,' meddai John yn ddistaw.

Roedden nhw'n dawel. Pob un a'i atgof am y briw roddodd stop ar y mynd allan. Y briw roddodd stop ar y byw.

'Cwbwl ddealladwy,' meddai Gwenda.

'Dyna fo,' rhwygodd Mair ei hun oddi wrth yr atgofion. 'W't ti'n ddigon cyfrifol i chwara allan rŵan, Siôn.'

'Nawr bo fi'n rhy hen i fod ishe,' atebodd yntau'n ddistaw.

'*Knock Doors* sa ni'n chwara stalwm,' meddai John, '... mond na chelat ti fawr o ddrysa yn pentra 'cw. Swn ni'n treulio ran fwya o'n hamsar yn cer'ad rhwng un tŷ a'r llall.'

'Llafna drwg â chi,' ceryddodd Mair yn ysgafn. 'Ti rioed 'di sôn am yr afon wrtha i o'r blaen.'

'Afon...?' gofynnodd John.

'Yr un oedda chdi a dy ffrindia'n arfar cer'ad drwyddi... y Llyfni, 'nde?'

'Naddo ella... to'n i'm yn cofio'n hun,' meddai John.

'Afon Gwyrfai oedd gynnon ni,' meddai Mair. 'Fanno ges i 'medyddio gin Sandra Slag Fform Tŵ.'

Chwarddodd pawb, a theimlodd Gwenda fod rhywfaint o ryddhad yn y chwerthin wrth glywed Mair yn siarad y tu allan i'w gwewyr am unwaith.

Distawrwydd wedyn. Ond roedd yn ddistawrwydd cynhesach nag a fu ers amser hir.

Nes i Mair fethu dal: 'Paid â mynd i New York, Siôn!'

'Wy *yn* mynd, Mam.' Tawel. Pendant.

'Fydda i'n methu cysgu'r nos.'

'Fydd raid i ti'n diwedd.'

'Ga i hunllefa... awyrenna... tyra...'

'Cei,' meddai John yn dyner. 'A wedyn, mi beidian.'

'Fydda i ar ben arall y ffôn,' meddai Siôn. 'A fydda i 'nôl erbyn Dolig. Pryna'r twrci mwya'n y siop.'

Yna roedd Mair yn chwerthin: 'Eira *melyn*!'

'O'r diwadd,' meddai John.

'Raid bod hi'n jôc dda,' meddai Gwenda. 'Ma hi 'di para pum munud!'

Arllwysodd John wydraid arall o win i Mair a Gwenda cyn cynnig peth i Siôn.

Ond ysgydwodd Siôn ei ben, a'i feddwl yn rhywle arall.

'Ddim gaea'r Mileniwm oedd e, y gaea wedyn oedd e. Naw mis cyn y ddamwen. Fwrodd hi eira dros nos, ac erbyn y bore o'dd 'na haenen fach o eira dros bobman. A dim ôl tro'd nag olwyn car na dim byd yn'do fe. O'dd e'n smonach byw erbyn i ni fennu'r dyn eira! O'n ni'n cario fe mewn i'r tŷ ar 'yn sgidie, a Marged yn crynu nes bod 'i dannedd hi'n clecan, am bod 'i chot hi'n 'lyb. Aethon ni mas i'r parc wedyn a cha'l ffeit peli eira, chi'ch dau yn erbyn ni'n dau. O'ch chi fel plant bach.'

Rhyfedd fel mae eira'n gwneud hynny, meddyliodd Gwenda. Yn ein troi ni 'nôl yn blant.

'Mi fysa hi'n ddwy ar hugain bellach,' meddai John o rywle tu mewn iddo, a gwelodd Gwenda yr un olwg ar goll yn ei lygaid ag a welodd yn y gegin yng ngolau gwahanol y gannwyll.

Yna, gyda'r fflach o drydan a ddaeth yn ôl i'w dieithrio nhw'n greulon o sydyn yn y golau, penderfynodd Gwenda ei bod hi'n mynd i fynd i Lundain wedi'r cyfan.

Edrychodd y pedwar yn syn ar ei gilydd.

'Wel, dyna hynna, diolch byth,' mwmiodd Mair, gan chwythu i ddiffodd y canhwyllau.

'Ia, dyna hynna,' meddai John.

'Ddaliwn ni ddiwadd *Albert Street* os dan ni'n lwcus.' Estynnodd Mair am y teclyn i oleuo'r teledu.

RHAN TRI

14.

Bu Gwenda yn Paddington ers ben bore yn gwylio'r trenau o Gaerdydd. Roedd hi wedi bod yn astudio'r amserlenni nes eu bod wedi'u serio ar ei chof. Penderfynasai mai dod yno mor fuan â phosib oedd orau rhag iddo ddal trên cynt a hithau'n cael ei hun ar yr un trên ag yntau, yn mynd i'r un man ac ar yr un perwyl. Byddai hynny wedi drysu pob dim.

Roedd John wedi e-bostio'n gynharach yn yr wythnos i drefnu cyfarfod ben bore dydd Gwener yn hytrach na gyda'r nos, ac roedd hithau wedi croesawu'r awgrym. Ond ganwaith ers iddi gyrraedd Llundain, ystyriodd Gwenda gamu'n ôl a chwalu'r cynllun. Ganwaith, bu ar fin troi am y platfform a'i cariai 'nôl at ei chartref yng Nghaerdydd ac i ffwrdd oddi wrth Karen a John. Diosg y Karen am byth a gadael i John bendroni dros ei diflaniad. Dychwelyd at normalrwydd cyfforddus ei threfn arferol, at gysur byw fel y bu'n byw. Bu ar fin troi ei chefn ond sylweddolai bellach nad oedd hi'n gallu amgyffred mynd yn ôl. Dychmygai agor y drws i'w chartref unig yn Heol Sussex, ar dŷ gwag a bywyd heb neb i'w rannu ond wyres bob pythefnos am awren neu ddwy.

Daeth byd Karen â golwg newydd ar bopeth. Roedd popeth am fyd Karen yn well na byd Gwenda, er mor debyg oedd y ddwy. Karen oedd yn byw'r bywyd y breuddwydiai Gwenda amdano iddi'i hun. Karen oedd yn dihuno yn y boreau yn llawn gobaith am y dydd o'i blaen ac yn frwdfrydig ynglŷn â'i lle hi ynddo, nid Gwenda.

Doedd Gwenda ddim yn siŵr o ddim bellach. O edrych ar ei chwrs coleg drwy lygaid Karen, doedd e ddim yn cynnig llawer mwy na dihangfa dros dro. Ffordd o fod yn ddiemosiwn am bobol, ac amdani'i hun, dyna oedd seicoleg. Gwyddai Gwenda'n iawn nad blys am John oedd yn gyrru injan Karen, ond roedd *bod* â blys – hyd yn oed *esgus* bod â blys – yn well na byw fel peiriant. Nid Mair oedd yr unig un a drigai ar y cyrion.

Ni wyddai beth yn union a barodd iddi wthio'r cynllun i'w ben draw a phenderfynu dod â John i Lundain i wynebu ei ddadrithiad, ond roedd yr angen i fod yno ei hun yn y cnawd pan ddôi'r cyfan yn amlwg yn gryf ynddi, i weld wyneb a chlywed llais. Roedd John wedi rhoi cysur go iawn iddi drwy ei eiriau dros e-bost am Robin a Miriam er na wyddai mai nhw oedden nhw. Roedd wedi ei hargyhoeddi mai hi ei hun a'i pherthynas â Sara fyddai'n goroesi yn y diwedd waeth pa mor chwerw fyddai amgylchiadau'r gwahanu, a pha mor bitw bynnag oedd y cysylltiad a gâi â'i hwyres fach, doedd e ddim yn fregus. 'Ti yw ei fam-gu, a ti fydd ei fam-gu,' ysgrifennodd John, o dan yr argraff, wrth gwrs, mai ŵyr oedd ganddi yn hytrach nag wyres. 'Rwyt ti'n bod iddo, yn cyfri iddo, fel mae ei rieni'n cyfri iddo. Buan iawn y daw i wneud penderfyniadau drosto'i hun ynghylch faint o gysylltiad fydd rhyngoch chi eich dau. Yn y cyfamser, rhaid i ti ofalu dy fod di'n byw dy fywyd dy hun i'r eithaf.'

John, o bawb, yn dweud y fath beth! Mor hawdd yw rhoi trefn ar fywydau pawb arall.

Ond roedd hi wedi llyncu hynny'n gyfan ganddo, ac wedi sylweddoli ar yr un pryd pa mor lwcus oedd hi fod ganddi glustiau i glywed cysur, yn wahanol i Mair. Rhaid fu iddi ei hatgoffa'i hun unwaith neu ddwy dros yr wythnos ddiwethaf o e-bostio a fu rhyngddyn nhw mai John oedd yn siarad â hi, nid rhywun arall. Daliodd ei hun yn dechrau ystyried beth i'w wisgo i gyfarfod â'r dyn yn Llundain, beth fyddai'n gweddu orau i greu'r argraff orau, sut orau i wneud ei gwallt, cyn cofio bron mor sydyn â'i feddwl na fyddai neb yn Llundain iddi greu argraff arno. John fyddai yno, a'r unig ben draw i'w thaith fyddai tynnu blewyn o'i drwyn.

A mwy na hynny hefyd. Roedd hi eisiau ei waradwyddo am iddo feiddio – am iddo feiddio beth, bellach? Am i'w wraig ei dynnu drwy uffern a pheri iddo geisio noddfa yn rhywle arall, call?

Gwthiodd ei chopi o *Ulysses* o'r golwg o dan ei braich. Er iddi bendroni'n hir, doedd hi ddim modfedd yn nes at ei deall ei hun.

Trodd rhag y trên a oedd yn cyrraedd y platfform a chodi cwfl ei chot rhag iddo'i gweld os oedd yn digwydd bod yn eistedd ynddo. Gwthiodd y llyfr ymhellach i'w chesail, a dal ei hymbarél o'i blaen rhag i neb yn y trên allu ei weld. Dechreuodd gerdded yn gyflym at allanfa'r orsaf. Doedd John ddim i fod i ddod am awr arall. Câi Gwenda ddigonedd o gyfle i ddianc.

Yna, roedd y trên wedi stopio a, bron yr un mor sydyn, roedd llais ymhell bell y tu ôl iddi yn galw 'Karen?' Ni feiddiodd droi rownd. Rhaid bod digon o'r llyfr i'w weld o dan ei braich o'r tu ôl iddo fod wedi mentro galw. Pam oedodd hi? Pam na ddiflannodd cyn i'r trên gyrraedd, funudau, eiliadau ynghynt? Rhaid oedd mynd a gadael Karen.

Ond fedrai Gwenda ddim rhoi un droed o flaen y llall. Roedd hi wedi'i sodro ar y platfform a'r ysfa i ddal i fod yn Karen yn drech na hi er ei bod hi'n gwybod drwy ei hesgyrn a thrwy bob cyhyr yn ei chorff na allai hi barhau, nad oedd Karen yn mynd i allu bod.

'Karen?'

Trodd.

15.

'Hei.'

Roedd Rachel yn gwisgo bocsyrs a baner America arnyn nhw ar ei phen.

'Addas iawn pan fyddwn ni ar ben yr Empire State Building,' meddai Siôn. 'Nawr tynna nhw, wir ddyn, cyn i ni ga'l 'yn towlu mas.'

Yn Debenhams oedden nhw, wedi dod i siopa am bethau i fynd ar eu siwrne. Tynnodd Rachel y bocsyrs gan chwerthin a'u taflu i'r fasged oedd ganddo ar ei fraich.

'Gei di wisgo nhw i'r brotest. Cyfrinach ti a fi,' meddai, a rhoi sws ar ei wefus.

Gwenodd Siôn arni ac edrych ar ei oriawr.

'Fydd raid i fi hastu,' meddai heb feddwl. 'Dwy awr wedes i wrth Mam.'

Crychodd Rachel ei gwefus, a gobeithiai Siôn nad oedd hi'n pwdu mewn gwirionedd. Dros y flwyddyn a hanner y bu'n canlyn gyda Rachel, roedd wedi agor ei galon iddi. Fesul tamaid bach i ddechrau, ond yn llwyr bellach. Eglurodd wrthi pam roedd yn gorfod ffonio'i fam ar noson allan neu ar ôl cyrraedd pen y daith – waeth pa mor fyr – i roi gwybod iddi ei fod yn iawn. A byddai iddi glywed ei lais ar ben ffôn yn ddigon o ryddhad iddi am dalp bychan o amser, nes y dôi'r bwystfilod rheibus cyfarwydd unwaith eto i lenwi ei meddwl a'r distawrwydd o du ei mab yn brawf pendant ei fod wedi marw.

Roedd wedi argyhoeddi Rachel fod pethau'n well o lawer nag y buon nhw, ac y dôi dydd pan na fyddai ei fam yn aros am alwadau beunydd beunos. Doedd e ddim mor siŵr oedd e'n credu hynny ei hun, ac roedd y daith i America wedi effeithio ar Mair. A'i dad yn Llundain gyda'i waith, gwyddai na allai fentro'i gadael adre'n rhy hir ar ei phen ei hun rhag iddi lithro i bydew na fyddai'n gallu codi ohono.

Ar y cyfan, roedd Rachel yn deall – os oedd deall i'w gael ar Mair. Am ei bod hi'n ei garu, roedd hi'n barod i ddiodde perthynas ryfedd y mab a'i fam. Ond roedd hi wedi gobeithio y byddai'r daith i America yn rhoi digon o ysgytwad i Mair i'w symud o'r twll du roedd hi ynddo ers deng mlynedd. Roedd pobol eraill oedd wedi diodde'n debyg iddi wedi llwyddo i symud ymlaen. Ond ar ôl deng mlynedd, roedd Mair i'w gweld yn gwaethygu. Gwyddai Rachel na fu yn ei gwaith ers wythnosau, prin ers i Siôn sôn am America ddeufis yn ôl, a bellach roedd Rachel yn dechrau colli'r amynedd a fu ganddi tuag at Mair ers iddi hi a Siôn gyfarfod.

Gwelai Mair yn hunanol, ac er ei bod hi'n gwybod mai pethau hunanol *yw* pobol sydd ddim yn eu hiawn bwyll, doedd hynny ddim yn gwella pethau. Drwy ei pharanoia a'i phanig, llwyddai Mair i darfu ar eu bywydau nhw hefyd. Roedd Rachel yn dechrau amau fod y ddynes yn cymryd y *piss*.

Wnaeth Rachel ddim dweud cymaint â hyn wrth

Siôn ond roedd cnoi ei thafod wedi dechrau brifo. A Siôn ei hun wedyn: roedd Rachel yn ei nabod yn ddigon da bellach i wybod mai ei fam, a honno'n unig, oedd yn dod rhyngddyn nhw. Oni bai am ei thrafferthion hi, byddai'r swydd yn Efrog Newydd yn bosibilrwydd real, yn her i'r ddau ohonyn nhw. Gwyddai y gallai Siôn wneud cais i barhau ei gwrs yn America – byd bach yw e wedi'r cyfan – byddai ei ddarlithwyr yng Nghaerdydd ond yn rhy barod i adael iddo wneud; on'd oedd e'n un o'u myfyrwyr disgleiriaf?

Oedd gan Mair unrhyw syniad am hynny? meddyliodd Rachel. Oedd Siôn erioed wedi siarad gair â hi am ei gwrs, am ei ddyheadau a'i uchelgeisiau? Oedd Mair erioed wedi gofyn?

Er na ddylai adael ei hun i feddwl am y swydd, ac am fywyd yn Efrog Newydd, roedd hi'n anodd peidio. Ysai amdani, pe bai hi'n onest. Ac roedd diffyg brwdfrydedd Siôn yn siom. Daliodd Rachel ei hun am y tro cyntaf yn ei gasáu am roi lles ei fam o flaen ei lles hi – ac o flaen ei les ei hun pe bai e ond yn gweld hynny.

Clywodd Rachel ei hun yn hyffian yn uchel wrth rifflo drwy stand o grysau-T.

'Be sy?' holodd Siôn wrth ei hochr.

'Dim byd,' meddai Rachel – yn ei garu unwaith eto, ond yn dal i gnoi ei thafod. 'Gewn ni heiro car a theithio 'chydig bach?' holodd Rachel i'w gymell i feddwl am America yn lle am ei fam a rhoddodd ei braich rownd ei ganol wrth iddo anelu am y til.

'Os taw ti fydd yn talu,' meddai Siôn.

'Ti ddyle dalu gan taw fi fydd yn dreifo,' tynnodd Rachel ei goes. 'Wy'n mynd i fod yn sgint fel ma hi.'

Wrth ei gyfrifiadur yn sgimio drwy wefannau am Efrog Newydd oedd Siôn y diwrnod cynt pan ddaeth ei dad i mewn a thynnu bwndel o bapurau ugain punt o'i waled. Cynigiodd nhw i Siôn.

'Cyfraniad at y daith,' meddai John.

'Sdim ishe,' meddai Siôn pan ddaeth o hyd i'w dafod. Roedd 'na ffortiwn fach yn llaw ei dad.

'Oes,' meddai John. 'Mae o'n gyfla heb 'i ail i chdi. Wn i nad ydi hi'n hawdd ar bres myfyriwr. Ma hi ond yn iawn i ti ga'l o.'

Cymerodd Siôn y bwndel yn betrus. Doedd hi ddim yn hawdd diolch a dangos ei fod yn ddidwyll. A phan ddechreuodd gael trefn ar ei dafod, roedd ei dad yn ei stopio:

'Sna'm isio,' meddai.

Wedi iddo fynd allan, cyfrodd Siôn yr arian. Roedd ei dad newydd roi pum can punt yn ei law.

'Gewn ni weld,' meddai Siôn a gwenu ar Rachel. 'Fydd 'da ti waith paratoi ar gyfer dy gyfweliad. Pryd gawn ni amser i fynd i grwydro?'

Ac unwaith eto, wrth sôn am y cyfweliad, roedd pili-palod wedi dechrau hedfan tin-dros-ben yn ei stumog. Ers blwyddyn a hanner bron, doedd e ddim wedi gallu dychmygu byw heb Rachel.

Gwyddai Siôn ers iddi raddio yn yr haf â gradd dosbarth cyntaf mewn Gwleidyddiaeth ac Economeg na fyddai modd i Gymru ddal ei gafael ar feddwl mor alluog, â chymaint i'w gyfrannu ar lwyfan byd cythryblus. Ceisiodd ei gysuro'i hun nad oedd rheswm ganddo dros feddwl felly y dyddiau hyn a'i bod yn bosib gweithio o gartre mor ddiffwdan. Ond galwai'r frwydr am wynebau hefyd i fwydo gwasg farus ac i ddarlledu'r neges. Golygai hynny bod ar gael. Ac roedd gofyn bod ar gael yn America yn fwy nag unman, gan mai yno oedd y talcen caletaf un.

Gwyddai y byddai cael y swydd yn anferth o bluen yn ei chap ac y byddai llwybr ei gyrfa'n glir iddi weddill ei hoes pe treuliai rhai blynyddoedd yn Efrog Newydd. Gwyddai mai dim ond blwyddyn a hanner o goleg oedd yn weddill ganddo – ac roedd llawer mwy o bwys ar brofiad nag ar gymhwyster neu radd y dyddiau hyn beth bynnag. Gwyddai fod Rachel – yn y darn bychan bach o'i hymennydd oedd yn caniatáu iddi ddychmygu cael cynnig y swydd – yn meddwl hynny hefyd. Buan yr âi deunaw mis heibio.

Ond ni allai Siôn ddychmygu sut y byddai ei fam yn wynebu ei golli. Roedd ei mwmian, ei siarad â Marged, wedi dechrau codi ofn ar Siôn. Fyddai hi byth yn arfer gwneud i'r fath raddau. Os oedd deg diwrnod yn mynd i arwain at y fath ddirywiad ynddi, beth fyddai dwy neu dair blynedd yn ei wneud iddi?

'Rachel, fydd raid i ni drafod pethe.'

'Na. Ddim nes ar ôl y cyfweliad.' Tarodd ei bys ar ei wefus. 'Sdim blydi gobeth 'da fi'i cha'l hi ta beth!'

Tynnodd Siôn ei ffôn o'i boced lle bu'n crynu.

'Iawn, Mam, ar 'yn ffordd.'

Diffoddodd ef drachefn, ac am unwaith, wnaeth Rachel ddim tynnu'i goes ynglŷn â'r alwad gyfarwydd a gwamalu am linynnau bogel.

Roedd hi wedi troi ei phen fel na fedrai Siôn weld ei hwyneb.

16.

Rhythodd arni am eiliadau.

Bron na allai Gwenda weld y camau'n ffurfio yn ei ben – dynes ag *Ulysses* o dan ei braich, rhaid mai Karen oedd hi.

Ond Gwenda oedd hi.

Ac ni allai gysoni'r ddwy ffaith. Ystyriodd – ar amrantiad – ddeddfau tebygolrwydd a chyd-ddigwyddiad, a phrin bod synnwyr i'w gael yn hynny chwaith.

Gadawodd Gwenda iddo adfer y gallu i siarad cyn dweud dim. Doedd ei harswyd hi, er nad oedd sioc ynddo, ddim mymryn llai na'i arswyd e.

'Mair ddudodd?' holodd John, a doedd Gwenda ddim wedi disgwyl y cwestiwn hwnnw.

Ysgydwodd Gwenda'i phen.

Beth oedd yn bod arno'n gofyn y fath gwestiwn? Oedd e'n gwybod bod Mair wedi gweld neges Karen?

'Mi wyt ti wedi cael dy jôc. Dos o 'ma rŵan.'

Câi Gwenda drafferth dilyn trywydd ei feddyliau.

Trodd John a cherdded oddi wrthi.

'John,' galwodd ar ei ôl. 'Ddim Mair ddwedodd wrtha i. So ti'n dyall.'

Trodd yntau'n siarp nes iddi bron â tharo i mewn iddo. Roedd tymer yn ei lygaid a'i lais.

'Cadw dy hen drwyn hyll allan. 'Na'r oll oedd gen ti i neud.'

'I ti ga'l cario 'mla'n i'w thrin hi'n siabi.'

'Busnes preifat rhwng gŵr a gwraig ydi hyn.'

'Fyddwch chi ddim yn ŵr a gwraig ar y rât wyt *ti'n* mynd.'

'Nôl a 'mlaen fel pêl ping pong. Sylwodd rhai ar y cecru, a phasio heibio dan wenu'n ddoeth; doedd dim yn fwy naturiol na gŵr a gwraig yn cega.

'Be welodd hi? Be ddudodd hi wrtha chdi?'

''I weld e dros 'yn hunan nes i. Ddylet ti switsio bant wrth daro mas o'r stafell, John bach.'

'Chdi ydi'r ast fusneslyd felly. Os wyt ti 'di deud wrth Mair…'

'Wedes i ddim gair wrthi. Ond ma hi'n gwbod. So ti'n synnu? O't ti mor agored, yn gwmws fel set ti moyn iddi weld.'

Ceisiodd John ffurfio bwled arall o wawd yn ei ben i'w boeri ati ond ni allai roi trefn ar ddim a wnâi synnwyr.

Gwyddai Gwenda bellach nad oedd e'n agos i fod wedi deall y cwbwl. O'i weld yn ei cholli hi fel hyn, o gredu bod Gwenda wedi bod yn sbecian ar ei gyfrifiadur a phenderfynu dysgu gwers iddo, drwy ddod i Lundain, ar draws ei gynlluniau i gyfarfod Karen, daeth lwmp i'w gwddf o ddychmygu'r effaith y câi'r gwir – yr holl wir di-Garen – arno. A'r unig ffordd oedd ganddi o gael gwared ar y lwmp oedd chwydu sarhad i'w gyfeiriad.

'Wy wedi gweld 'yn siâr o ddynon canol oed yn whilo am bach o drydan yn 'u bywyde. Bach o secs heb yr hang-yps, 'da rhywun sy ddim yn mynd i ofyn i ti beth ti moyn i swper.'

'Paid ti meiddio lluchio barn. Lwyddest ti ddim i gadw gŵr erioed, a ma raid i mi gyfadda, dwi ddim yn synnu.'

'Priodi godinebwr o'dd y cyfan nes i o'i le,' meddai Gwenda, yn ceisio'i gorau i beidio â chael ei chlwyfo gan ei eiriau. 'A ddim amdana i ma hyn. Am Karen.'

Wrth iddi lychwino ei henw drwy ei yngan, saethodd braich John allan a thybiodd Gwenda ei fod yn mynd i'w tharo hi, ond bachu'r llyfr o dan ei braich wnaeth e, fel bod ganddo ddau gopi o *Ulysses* yn ei ddwylo.

'Fyddi di ddim angen hwnna. Dos adra.' Fel pe bai'n hysio ci defaid gorgyfeillgar yn ôl am ei fferm.

Gwelodd Gwenda fod ei lygaid yn gwylio'r dyrfa tra bu'n dadlau â hi, yn dal i sganio'r wynebau, neu'n hytrach y dwylo a allai fod yn cario copi arall o *Ulysses* ar ei gyfer.

'Swno'n enw diniwed. Karen. A ma hi dipyn iau na ti?' Roedd hi am chwarae mwy ag e nawr gan fod pob dim a ddôi o'i geg yn ei chlwyfo.

'Nac'di fel mae'n digwydd. Tydi hi ddim.'

Medal siocled i John am osgoi un cliché o leiaf. Cofiodd Gwenda fel y bu'n pendroni cyn rhoi gwybod i John beth oedd oed Karen. Penderfynu cadw'n weddol agos at ei hoed ei hun wnaeth hi yn y diwedd, er nad oedd hi'n gwybod pam. Ac ar ôl ei roi, bu'n poeni ei bod hi wedi codi ofn arno, a bu'n cicio'i hun nes ei e-bost nesaf am beidio rhoi tri deg tri neu ddau ddeg pump...

'O, na'di, wrth gwrs. Pedwar deg chwech yw hi. Pum mlynedd yn iau na ti a fi a Mair. *Hen* hwren.' Oedodd

Gwenda. 'Karen. Ma hwrod ag enwe digon pert yn amal.'

'*Rhaid* i chdi dynnu o i lawr i'r gwaelod butra un wastad, toes?' Siaradai drwy ei ddannedd.

'Secs yn gallu bod yn ddigon dyrchafedig yn 'i le.'

'Sgin ti'm syniad be 'di teimlada go iawn. Ti'n mynnu gweld y cnawdol ym mhob dim. Ac wyt ti'n anghofio nad oes gin i syniad sut un ydi hi? Am deimlada oeddan ni'n siarad, y petha dwi ddim yn medru deud wrth yr un enaid byw arall.'

Sobrodd hynny Gwenda. Gwyddai iddi weld John go wahanol yn y geiriau a gyrhaeddodd ei chyfrifiadur, John na wyddai am ei fodolaeth o'r blaen, ac na allai ond gwywo yn y tŷ gyda Mair. Ai dyna oedd ei gymhelliad go iawn? Siarad, dim mwy na hynny. Dim ond siarad?

'To'n i'm yn coelio fod pobol fatha hi i ga'l,' meddai John wedyn yn ddistewach.

Cerdded oddi yno, ei adael nawr. Dyna fyddai orau. Gadael iddi wawrio'n araf deg arno na fydd Karen yn dod. Naturiol fyddai iddi gael traed oer o dan yr amgylchiadau. Byddai honno'n llai o glatsien na'r gwir, meddyliodd Gwenda'n drist.

'Ti'n swno fel set ti mewn cariad â hi,' meddai Gwenda.

Wnaeth John ddim gwadu. Naill ai ei fod e'n cyfaddef hynny neu roedd yn ei hanwybyddu.

'Cwmpo mewn cariad 'da rhywun wyt ti eriôd wedi'i chyfarfod. Cwmpo mewn cariad 'da geirie, 'da dawn gweud rhywun!'

Ymhen amser, meddyliodd Gwenda, byddai un o ddau beth yn digwydd. Byddai John naill ai'n anghofio am Karen, neu byddai'r pry bach yn ei ben, oedd yno'n barod ond nad oedd yn ymwybodol o'i bresenoldeb eto, yn twrio, twrio nes cyrraedd golau dydd. A byddai'r posibilrwydd yn gwawrio arno – pryd? Ymhen misoedd? Blynyddoedd? – mai'r un un oedd Karen a Gwenda.

'Ddylet ti byth drysto beth ma pobol yn weud dros y we, 'na i gyd wy'n weud.'

'Be fysa chdi'n wbod? Ti'm yn gwbod sut un ydi hi.'

'O ydw, John. Yn well na neb.'

Am flynyddoedd wedyn, ni allodd Gwenda ddiffodd yr atgof am y ffordd y crebachodd ei wyneb o eiliad i eiliad dan bwysau'r sylweddoliad. Gorfododd ei hun i ddal i edrych arno, fel cosb am chwarae'r gêm greulon yn y lle cyntaf. Teimlai'n ddynes gythreulig ymhob rhan ohoni.

'Fi yw Karen.'

Gadawodd iddo weithio drwy'r sioc heb yngan gair – boed yn gysur neu'n amddiffyniad. Aeth John i'w blyg. Camodd yn ei flaen heb weld y bobol a dyrrai o drenau, ac i drenau, a gwegiodd fymryn nes iddo orfod gosod ei law ar un o bileri'r platfform. Gwelodd Gwenda John yn syllu drwy'r dyrfa eto fel pe bai'n methu dirnad y ffaith nad oedd Karen yn bodoli, ac yn dal i chwilio amdani, ond sylweddolodd wedyn mai chwilio am le i eistedd oedd e. Disgynnodd fel sach o datws ar y fainc a llithrodd y ddau lyfr i'r llawr wrth ei draed. Crymodd ei ysgwyddau a gostyngodd ei ben i'w ddwylo. Gwelodd

Gwenda'r cryndod drwy ei gorff yn union fel pe bai'n chwydu, ond ni ddaeth dim ohono am rai eiliadau.

Yna, gwelodd Gwenda'r dagrau.

Gadawodd iddo am rai munudau, ei wylio o'r fan lle safai gan y gwyddai na allai fynd ato. Syllai rhai pobol arno wrth basio, a throi eu llygaid oddi wrtho'n syth, mewn embaras. Roedd un neu ddau i'w gweld yn deall ei bod hithau hefyd yn rhan o'r tablo, yn elfen weithredol yn y ddrama fach a ddigwyddai ar blatfform yn Paddington.

Gwyddai Gwenda ei bod hi'n mentro wrth nesu ato, ac eistedd wrth ei ymyl ar y fainc, ond dyna wnaeth hi. Disgwyliai iddo droi arni, ond roedd y crio'n drech nag e.

Estynnodd ei llaw i afael yn ei law yntau – cyn lleied o gysur – ac ni thynnodd John ei law yn ôl fel y disgwyliai iddo wneud. Ystyriodd ymddiheuro wrtho, ond i beth wnâi hi hynny? Doedd yr un gair y medrai ei yngan wrtho a fyddai'n gwneud y tro. Felly daliodd ei law ar ei arffed a gadawodd iddo grio.

Yna, daeth iddi'r unig air o eglurhad y medrai hi feddwl amdano.

'Mair yw'r unig ffrind sy 'da fi,' meddai'n ddistaw, a doedd hi ddim yn poeni a glywodd John hi heibio'r hyrddiadau o grio tawel, gwlyb a ddôi ohono. 'Wy'n becso amdani. Amdanoch chi gyd.'

'Mi oedd Karen,' dechreuodd yntau ymhen hir a hwyr ar ôl cael rhywfaint o reolaeth arno'i hun, 'yn cynnig ffordd allan.'

'Ond dyw hi ddim yn bod.'

Sychodd ei drwyn â hances bapur y daeth o hyd iddi ym mhoced ei got. Sychodd ei lygaid. Cadwodd yr hances yn ei boced. Anadlodd yn ddwfn.

'Dydi hi'm yn bod,' ategodd yntau yn y diwedd.

Daeth ysfa dros Gwenda i weiddi dros y lle ei *bod* hi'n bodoli. Hi oedd hi. Ohoni hi y daethai pob gair, yn wirionedd o'i chalon.

Ond nid agorodd ei cheg. Dim ond gwasgu'i law'n dynnach.

'Ty'd,' meddai John wedi rhai munudau, gan godi ar ei draed.

Llithrodd ei llaw o'i law. Cododd i'w ddilyn tuag at allanfa'r orsaf, gan adael y ddau gopi o *Ulysses* ar y llawr wrth droed y fainc i ennyn chwilfrydedd rhywrai eraill.

*

Eisteddai'r ddau ar erchwyn y gwely a'u hysgwyddau crwm ar hanner tro wrth ei gilydd.

'Dysgu gwers i ti oedd y bwriad,' meddai Gwenda'n floesg. Gwyddai mai ei lle hi oedd siarad, mai hi oedd â gwaith egluro. 'Ond unwaith tyfodd Karen yn berson llawn, fe a'th e'n fwy o beth.'

'Does 'na ddim Karen,' meddai John. 'Am be wyt ti'n rwdlan?'

'Y pethe wedest ti, am 'i thrafferion hi a'i merch, ddim celwydde oedd rheina. Wedest ti wrth Karen am gofleidio bywyd yn lle cico dŵr yn ei hunfan.'

'Am Robin oedda chdi'n sôn?' ebychodd John. 'Sut fuish i mor ddall?'

'Does neb yn fwy dall na'r sawl sy ddim ishe gweld.'

'Dyna ni,' cododd ei lais yn ddiamynedd. 'Rhaffa dy glichés i gyd. Dyna ydw i. Cliché. "Dydi 'ngwraig i ddim yn fy nallt i." Cliché arall.'

'Ma dy wraig di'n sâl,' cywirodd Gwenda.

'Yn iach ac yn glaf, dyna ma'n ddeud yn y contract.'

'Ma deng mlynedd yn amser hir mewn unrhyw gontract,' meddai Gwenda.

Roedden nhw'n siarad brawddegau ei gilydd yn lle'u rhai nhw eu hunain, sylweddolodd Gwenda. Ei lle hi oedd ei gystwyo, nid ei gysuro. Ei le yntau oedd dadlau 'nôl, hel esgusodion. Ceisio amddiffyn yr hyn na ellid ei amddiffyn.

Daethai John â hi 'nôl i'r gwesty wrth ymyl yr orsaf gan farnu bod angen iddyn nhw siarad yn breifat yn hytrach nag yng ngolwg pob adyn a ddigwyddai fod yng nghyffiniau'r orsaf. Roedd wedi bwcio'r ystafell – un sengl – ar gyfer treulio'r noson ar ei ben ei hun ar ôl diwrnod yng nghwmni Karen, i hel meddyliau cyn dychwelyd at Mair.

Gallai fod wedi gadael Gwenda yn Paddington, gallai'n hawdd fod wedi gwneud hynny, ond roedd yn awyddus i wybod beth oedd ei bwriad. Oedd hi'n mynd i gynnwys Mair yn hyn, neu a oedd hi am gadw'r llanast wedi'i gladdu? Ac roedd hi wedi estyn llaw iddo yn ei wendid, golygai hynny fwy iddo nag oedd yn fodlon ei gydnabod. Doedd hi erioed wedi gwneud hynny o'r blaen, am fod Mair bob amser yn y canol.

Wrth ddod i mewn, daliodd Gwenda'n sbio o'i chwmpas ar y stafell fach ddi-lun ac ar y gwely cul.

'Doedd hi ddim yn fwriad gen i ddod â hi 'nôl 'ma,' meddai, gan wybod ar yr un pryd na fyddai ffluwchen o wahaniaeth ganddo fe na Karen mai stafell sengl oedd hi pe *bai* hi wedi gofyn am gael mynd gydag e i'w stafell.

Wedyn, roedden nhw wedi eistedd ar erchwyn y gwely bach, ar bob cornel iddo, a'u cefnau ar hanner tro wrth ei gilydd, ac roedd y geiriau wedi sychu.

'Moyn i Mair weld drosti'i hunan o't ti?'

'Paid â bod yn wirion,' meddai John. 'Pam fyswn i isio iddi weld?'

Wnaeth Gwenda mo'i ateb. Ond yn ei phen, gallai gynnig sawl rheswm – er mwyn ei hysgwyd hi; er mwyn iddi gael gweld ei bod hi'n unfed awr ar ddeg arnyn nhw; er mwyn iddi sylweddoli ei fod yntau'n fod meidrol a bod ganddo ei anghenion.

'Mae hi'n siarad â Marged,' meddai John wedyn.

'Odi,' meddai Gwenda. 'Wy wedi'i chlywed hi.'

'Wnes i drio bob ffordd o'i chael hi i siarad efo *fi*,' meddai John. 'Hyd yn oed 'nôl yn yr adag pan roedd siarad yn anodd i finna hefyd.'

'Ti ddim wedi bod yn siarad 'da hi yn ddweddar.'

'Mae 'na ben draw...' dechreuodd, a methu mynd yn ei flaen.

'Un peth,' dechreuodd Gwenda ar ôl saib hir. 'Wy moyn i ti ddyall nag o'dd Karen yn gelwydd i gyd. Ddim o bell ffordd.'

'A dw inna ddim yn gachwr i gyd,' meddai John.

Doedd Gwenda, pan ddeffrodd hi ymhen awr neu ddwy, ddim yn cofio pa un ai hi neu John a drodd at y llall gyntaf.

Ond cofiai mai John oedd wedi estyn ei freichiau amdani, ac wedi ei thynnu i gusan a arweiniodd, fesul camau, at ei deffro ochr yn ochr ag e yn y gwely bach cul mewn gwesty eilradd heb fod ymhell o orsaf Paddington un prynhawn dydd Sadwrn ym mis Rhagfyr.

17.

Os fyswn i yn sgidia mam Shirley Compton, Mars, fyswn i'n deud wrth y slwtan fach o ferch 'na sy gynni am sortio'i bywyd reit sydyn a pheidio dwyn mwy o anfri am ben y teulu yna. Hen sguthan fach ydi hi, yn gneud be bynnag mae hi isio ac i'r diawl â phob un arall. Lwcus nad fi ydi ei mam hi, ga i fentro deud wrtha chdi. Châi hi ddim bihafio fel'na efo fi.

Dwi ddim ond yn goro deud unwaith wrtha chdi ac mi wyt ti'n gwrando. Derbyn 'mod i'n gwbod yn well am 'mod i'n perthyn i'r genhedlaeth hŷn ac wedi gweld drosta fi'n hun, a dyna fo. Parch ydi o, ac mi wyt ti'n dallt parch.

Styfnig ydi Siôn, isio hyn ac isio llall a ddim yn gweld y rhwystrau, ddim yn dallt pan ma rywun yn deud wrtho fo be sy ora er 'i les o. Yr hogan 'na ydi'r bai. 'I ddenu fo i drwbwl, ddaw 'na ddim da o'r peth. Mae hi'n gwbod yn iawn be mae hi'n neud. Gweld 'mod i'n trio'i warchod o mae hi, gweld 'mod i'n meddwl am 'i les o, ac mae hi'n benderfynol o roi tro yn 'y nhrwyn i drwy'i ddenu fo oddi wrtha i.

Mae gynni reolaeth lwyr drosto fo, a ma hynna'n brifo, ga i fentro deud wrtha chdi, Mars. Mae gynni'i bacha yn'o fo a ddaw dim da o hynny. Ei hudo fo i ben draw byd i ganol pob matha o drwbwl. Dim ond drwg a ddaw. Dwi'n deud a deud a deud.

Mae hi wedi rhwydo John hefyd, neu mi fasa fo'n fy helpu i yn 'i herbyn hi, yn trio cael Siôn i bwyllo, gweld synnwyr a pheidio mynd i'w chanlyn hi. Ddaw o ddim yn ôl, fedra i deimlo fo, a dydi John ddim yn dallt. Mae o'n dianc i Lundain i gogio bach cael gwaith ond tydi o ddim go iawn. Mae o'n lluchio llwch i'n llygid i hefyd fatha'r lleill. Mynd i gwarfod ryw hogan mae o yno. Synnwn i ddim mai honna ydi hi, y Rachel yna, wedi'i rwydo fynta hefyd, wedi'i fachu fo ar linyn fatha Siôn, i neud yn siŵr 'i bod hi'n llwyddo i ddwyn Siôn oddi wrtha i am byth byth, a dydi John ddim yn dallt hynny, ddim yn 'i nabod hi o gwbwl.

Tydi Gwenda fawr gwell. Mynd â 'ngadael i, a John yn Llundain. Fysa hi wedi gallu gweld Robin a Miriam a Sara unrw bryd, ond mae hi'n gneud rhyw ffys fawr o'u gweld nhw penwythnos yma. Oedd hi'n mwydro rwbath 'u bod nhw 'di symud i Gaerdydd, nesh i'm dallt. Mae hi'n rhaffu clwydda er mwyn peidio gorod dŵad draw i 'nghwmni i.

Gas gin i fod fy hun yn y tŷ, er bo chdi hefo fi, Mars. Rhoi rhyw deimlad i mi mai ar ben 'yn hun fydda i am byth, yn fama, ddim isio mynd allan, a ddim isio bod ar ben 'yn hun yn fama chwaith. Ddim isio bod yn nunlla a deud y gwir, ond o leia mi wyt ti hefo fi, Mars, mi fysa'n annioddefol fel arall. Braf ydi gallu siarad efo ti.

A be gath Kevin Hodges i fynd i Ostrelia? Roedd Gwenda'n llygad 'i lle am hynny, er na faswn i'n deud hynny wrthi chwaith rhag iddi feddwl 'i bod hi'n fwy o awdurdod na ma hi ar betha. Ond ma 'na ddrygs yn Ostrelia hefyd, fatha bob man, a dyna ti rwbath arall fydd honna'n 'u hwrjo ar Siôn, fentra i 'mhen.

Ma dy dad wedi mynd i Lundain i chwilio am waith

gin ryw Karen. Welish i ar 'i we fo, ond 'da i ddim i holi. Sgin i ddim tamaid o isio gwbod. Deud dim sy ora, ynde Mars? Mae o wedi rhoi cansar i Nonna *Pentre Ni* a wela i ddim pam gna'th o'r fath beth. Fysa well iddo fo fod wedi rhoi cansar i Wil Bowen *Stiwdants* o beth wmbrath. Hen gythraul bach dauwynebog ydi hwnnw, ond na'th Nonna erioed ddrwg i neb.

Ella mai hwylia drwg sy arno fo'n gneud y fath beth a dda gin i mono fo fel 'ny rhag ofn iddo fo roi cansar i mi, er na neith o ddim, Mars. Dwi ddim isio chdi feddwl y basa fo hyd yn oed yn breuddwydio gneud y fath beth, achos fysa fo ddim. Dyn da ydi dy dad, er bod o'n llithro weithia.

Ond deud dim sy ora, deud dim, deud dim.

Hei, Mars, ma Siôn newydd gyrraedd adra.

'Chips popty 'ta chips meicrowêf? 'Ta be? Sa well gin ti rwbath ar dost? Neu ma gin i, yli, dunia o sŵp, pasta...'

Fedra i ddim agor drysa'r cypyrdda'n ddigon cyflym i ddangos iddo fo.

'Pastai os licia ti, stec an' cidni, tomatos tun, ffrwytha, llwyth o ffrwytha tun, a pwdin reis a... a...'

Mae o'n sbio arna fi Mars, a ddim yn deud dim byd.

''Ta be?' Deud, Siôn bach, deud, deud.

'Dere nawr, Mam. Cŵl down, ie? Sdim ishe cynhyrfu, wy adre.'

Dwi'n poeni amdano fo, Mars, dydi o ddim fel petai o

ar yr un blaned â ni o gwbwl. Drygs, bendant i chdi, yr hogan felltith 'na a'i drygs.

Deud dim, deud dim, deud dim.

18.

Agorodd ei llygaid. Gallai ei glywed yn anadlu'n llyfn yn ei gwsg a'i fraich am ei chanol.

'John.'

Nid oedd unrhyw newid yn ei anadlu am rai eiliadau, yna dihunodd. Gallai ei deimlo'n symud y tu ôl iddi. Trodd ato.

'Beth nawr?'

Tynnodd John ei hun i lawr fymryn yn y gwely fel bod eu hwynebau'n gorwedd ar yr un lefel ar y glustog.

'Beth nawr,' ailadroddodd yntau, heb ei ofyn.

Trodd ar ei gefn a chododd ei fraich at ei dalcen.

'Karen oedd 'da ti ddoe. Gwenda sy 'ma bore 'ma.'

Gwelodd ei lygaid yn cau yn erbyn y dilema a ddôi i darfu ar ei fywyd. Neu ai difaru a wnaeth iddo gau ei lygaid?

'Yr un un 'dach chi,' meddai John. 'Ti wyt ti wyt ti.'

'Ie,' meddai Gwenda. 'A ti wyt ti. Gŵr Mair.'

Ebychodd yn siarp ac ofnai Gwenda ei bod hi wedi camu'n rhy bell. Agorodd John ei lygaid a throi ei ben i edrych arni.

'Ia. Gŵr Mair,' meddai John. 'Be nawn ni d'a?'

''I gadel hi fel mae hi.' Gwyddai Gwenda cyn gynted ag y dwedodd y geiriau fod John, am eiliad fach, wedi meddwl mai sôn am Mair oedd hi. 'I brofiad,' eglurodd Gwenda. 'Rhwbeth ddigwyddodd a dyna ni. Dim difaru.

Dim edliw, dim euogrwydd. Symud 'mla'n. Ond mynd yn ôl at fel roedd pethau.'

'Sut mae symud 'mlaen a mynd yn ôl yr un fath?'

Doedd hi ddim yn gallu ei ddarllen. Wyddai hi ddim beth oedd yn mynd drwy ei feddwl y bore 'ma, ond doedd dim dwywaith nad John a wnaethai'r holl symud ddoe. Y tro cyntaf, a'r tro wedyn ar ôl iddyn nhw fod allan am dro a chael pryd o fwyd ar lannau afon Tafwys. Fyddai hi ddim wedi meiddio ei annog, er cymaint roedd arni hithau ei angen hefyd – sylweddolodd hynny wedi'r cyffyrddiad cyntaf hwnnw ddoe.

'Beia fi 'te, os yw hynny'n mynd i neud i ti deimlo'n well,' meddai hi wrtho.

Yna, roedd yn crychu ei dalcen, wedi'i frifo mai dyna oedd hi'n credu oedd yn mynd drwy ei feddwl, cyn tynnu ei law dros ei hwyneb.

'Na! Na!' meddai'n floesg.

'*Allwn* ni neud dim byd,' meddai Gwenda. 'Allwn ni ddim neud hyn eto, ac allwn ni ddim o'i ddadwneud e whaith. Wedyn sdim byd *i* neud ond dysgu byw 'dag e.'

'*Gallen* ni...' dadleuodd John. 'Ma Mair ar 'i phlaned 'i hun. Go brin y bysa hi'n sylwi, a hyd yn oed tasa hi, dwi ddim yn siŵr faint o wahaniaeth wnela fo iddi.'

'Ma ishe help arni, John.'

Cododd Gwenda ar ei heistedd ac estyn y dillad a orweddai blith draphlith dros y cwpwrdd bach wrth ymyl y gwely. Gwisgodd nhw, heb ollwng y cynfas i ddangos ei noethni.

'Dwi 'di trio peidio gadael iddi gyrraedd fan hynny, 'di gobeithio bysa hi'n gwella hefo amsar.'

'Ma'r ffaith fod Siôn yn mynd i America fory wedi dadwneud lot o'r lles na'th amser iddi. So hi prin wedi bod yn y gwaith ers y dwrnod wedodd e wrthi 'i fod e'n mynd. Ma'n nhw'n holi cwestiyne yn y gwaith, John. So papur doctor yn gweud '*Stress*' yn mynd i neud y tro am byth. Fydd raid iddi siarad yn iawn 'da rhywun.'

Caeodd John ei lygaid eto fel pe bai'n ceisio cau'r cyfan allan. Aeth Gwenda i'r stafell ymolchi fach ddrewllyd i olchi ei hwyneb a rhoi past dannedd John ar ei dannedd â'i bysedd, orau y gallai. Pan ddychwelodd, doedd e ddim wedi symud.

'Alla i ddim cario 'mlaen,' meddai John. 'Mi nesh i 'ngora, deng mlynadd o neud 'y ngora.'

'Alli di ddim cario 'mla'n, ond ti'n *mynd* i gario 'mla'n. Ma raid i ti. Er mwyn Mair.' Eisteddodd ar ymyl y gwely a chwarae ei llaw drwy ei wallt. 'Do's dim dewis arall. Hi sy dy angen di. Hi sy angen y ddau ohonon ni, ti fel gŵr a fi fel ffrind.'

'Plis, Gwenda…'

'Karen,' cywirodd. 'A'r eiliad cerdda i drwy'r drws 'na, fydda i ddim yn bod rhagor, a fydda i byth yn bod eto.'

19.

Roedd Siôn wedi bod yn cicio'i sodlau'n aros i'r cyfweliad ddod i ben ers meitin. Bu'n eistedd am dros hanner awr ar fainc mewn llain fach o dir rhy bitw i'w galw'n barc ar gyrion Manhattan, er bod Central Park o fewn pum munud o gerdded oddi yno. Roedd e bellach wedi dechrau cerdded ar hyd y pafin, drwy'r trwch o bobol brysur a ruthrai ar bob perwyl yn y byd. Gallai weld pigau'r adeiladau uchel lle roedd calon fusnes y ddinas yn curo draw ar hyd y stryd syth ac roedd hyd yn oed yr adeiladau yn y fan hon yn codi fel ochrau bocsys bob ochr iddo. Bu ef a Rachel yn cerdded yn Manhattan ddoe, a threulio hanner awr yn Ground Zero. Cafodd Siôn y bendro wrth blygu'i ben yn ôl i edrych i fyny at frig yr adeiladau, lle roedd yr haul. Ond wnaeth hynny mo'i rwystro rhag syllu a rhyfeddu a theimlo'i hun yn fychan, annelwig ac anhysbys braf ynghanol y bobol a oedd ym mhobman. Yn yr annelwig a'r anhysbys roedd rhyddid i Siôn. Dyma fan lle na fyddai neb i osod rheolau a mynnu mwy ganddo nag y dymunai ei roi.

Daeth y teimlad o orfoledd drosto gyntaf ar yr awyren dros wythnos yn ôl. Wrth orwedd, ei ben yn ôl a'i law yn llaw Rachel wrth ei ymyl, ni allai lai na gwenu. A daliai i wenu am ran helaeth o'r amser wedyn. Dros Fôr yr Iwerydd, daeth iddo'r ystyriaeth na ellid bod yn fwy rhydd nag wrth hongian yn yr awyr, heb fod yn sownd wrth y byd hyd yn oed, a dim modd gan feidrol o'r naill lan na'r llall ei reoli, ei ddofi, na'i gaethiwo. Pe bai'n penderfynu diflannu wrth gyrraedd Efrog Newydd, dileu ôl ei draed ei hun a cholli'r clymau â'i deulu, â'i orffennol, mor hawdd fyddai iddo droi'n rhywun arall, dianc i'r fan a'r fan – neu gadw i deithio, ni wnâi wahaniaeth – ac esgor ar fywyd newydd yn gwbwl rydd.

Doedd e ddim am wneud hynny go iawn am un funud wrth gwrs, ond roedd y rhyddid a deimlai yn ei lenwi â mwy a mwy o ddewisiadau eraill, ffurfiau a graddau gwahanol o ryddid. Ffoniodd ei fam yn syth ar ôl cyrraedd y maes awyr, a ffoniodd hi eto ar ôl cyrraedd y gwesty. Roedd hi wrth ei bodd yn clywed ei lais, ond cyn i'w sgwrs ddirwyn i ben hyd yn oed, roedd hi'n poeni pryd fyddai'r alwad nesaf, bron fel pe na bai e yno, ar ben arall y lein, yn siarad â hi.

Penderfynodd Siôn nad oedd e'n mynd i ffonio'n rhy aml; bwydo'i salwch a wnâi hynny. Roedd hi'n gwaethygu beth bynnag wnâi. Problem i'w hwynebu pan âi 'nôl oedd hi, a dim i'w wneud â'r rhyddid newydd a deimlai Siôn.

Y diwrnod wedyn, roedd e a Rachel wedi ymuno â'r miloedd o rai tebyg iddyn nhw ar y stryd, o bob cwr o'r byd. Siantiai sloganau tra oedd yr ychydig ddegau o lond llaw o wledydd y tu mewn i'r adeiladau ysblennydd, wedi'u gwisgo â gwerth miliynau o bôbls a goleuadau Dolig, yn pennu'r drefn ar gyfer pawb arall, gan warchod buddiannau eu biliwnyddion a rhempgyfalafiaeth reibus y gorllewin. Pobol pia rhyddid, meddyliodd, nid y farchnad farus, a theimlo'r un ysfa i floeddio gyda'r un gorfoledd ag a deimlodd yn yr awyr.

Roedd hi o help fod Rachel gyda fe wrth gwrs; ni fyddai wedi mwynhau hanner cymaint hebddi. Rhyngddynt, roedden nhw wedi gwneud digon o waith cartref cyn dod i wybod yn fras lle roedd y gwahanol lefydd y bydden nhw am ymweld â nhw cyn dod adre: yr Empire State wrth gwrs, i Siôn gael tynnu llun Rachel a bocsyrs baner America am ei phen; a'r Statue of Liberty, lle tynnodd Rachel sawl llun o Siôn yn pwyntio'n eironig at y ddelw a gynrychiolai ysfa'r genedl am ryddid i'w phobol. Roedd yr hyn a welodd yn y brotest rai dyddiau ynghynt, pan dorrodd grŵp o brotestwyr oddi wrth y prif lif, a'r grym oedd ym mreichiau'r heddlu wrth iddyn nhw eu curo nhw â'u batonau, yn dweud mwy wrth Siôn na holl fawredd Libby ddiawl.

Wedyn, roedd y ddau wedi llwyddo i ddod o hyd i gwmni llogi ceir a ofynnai am bris y barnai'r ddau ei fod yn rhesymol am logi car a'u cludai i rai o'r taleithiau agosaf cyn dod yn eu holau i Efrog Newydd. Aethant mor bell â Newark y diwrnod cyntaf ac i grwydro ar hyd Long Island ar yr ail. A Rachel wrth ei ochr yn gyrru, amsugnai Siôn bopeth, pob manylyn bach, a synnu at wahanolrwydd, at debygrwydd, at odrwydd yr Americanwyr, a'u normalrwydd, at arwyddion cyfoeth ac arwyddion o dlodi ac at ba mor fawr yw'r byd i'n cynnwys ni i gyd yn ein holl amrywiaeth. Ni fedrai Rachel lai na gwenu at ei ryfeddod plentynnaidd a'i ddiddordeb ym mhob un dim. Dyma'i thro cyntaf hi hefyd ar gyfandir America, ond roedd hi wedi teithio droeon i Ewrop ac wedi cael profiad o ddiwylliannau gwahanol. Disgynnodd mewn cariad unwaith eto â'r creadur bach cynhyrfus, llawn cyffro, wrth ei hochr na fedrai atal llif ei siarad na'i ryfeddod.

A glaniodd dydd Llun, diwrnod y cyfweliad. Doedd Rachel ddim wedi siarad llawer amdano a doedd Siôn heb fentro gormod rhag sbwylio'r hwyl a gâi'r ddau. Y noson cynt, roedd wedi cynnig ei helpu i baratoi drwy ofyn cwestiynau y gellid eu holi iddi ond doedd Rachel ddim eisiau siarad am y cyfweliad.

Pan glywodd am y swydd – trefnydd cylchgrawn yn y frwydr yn erbyn effeithiau globaleiddio, *Small is Beautiful* – roedd hi wedi neidio at y cyfle, wedi gwichian wrth ddarllen yr hysbyseb yn gofyn am rywun â'i chymwysterau hi. Yn ystod y misoedd ers iddi raddio, roedd hi wedi helpu i drefnu dwy gynhadledd a rali i gyd-daro â chynadleddau bancwyr a gwleidyddion y Gymuned Ewropeaidd, un yn Munich a'r llall ym Mharis, ac wedi ysgrifennu dwsinau o erthyglau ar wleidyddiaeth ac economeg yn darnio'r farchnad wallgof o rydd a'r modelau Freedmanaidd. Roedd ei thraethawd doethuriaeth yn ymestyn tystiolaeth llenyddiaeth Naomi Klein a mawrion tebyg, er nad oedd hi'n treulio fawr ddim amser yn gweithio arno y dyddiau hyn; roedd y frwydr yn galw am weithredu yn y byd fel y mae, yn hytrach na rhestru damcaniaethau am y byd fel y bu.

Ni fyddai hi yn America am byth, cysurodd Siôn ei

hun, fe ddôi hi'n ôl. I Gymru, ac ato fe. Dyma'i chyfle mawr a doedd e ddim am fynd i'w chwalu iddi. Hi oedd wedi rhoi ei ryddid i Siôn – ei le yntau nawr oedd rhoi ei rhyddid iddi hithau.

Wrth feddwl eto am ryddid, cofiodd am ei fam. Byddai'n rhaid iddo'i ffonio hi gan na wnaethai hynny ers echnos. Rhegodd ei hun am fod mor esgeulus. Ond *roedd* e wedi'i ffonio sawl gwaith ar ddechrau'r gwyliau, ar ôl y daith yn yr awyren, ar ôl cyrraedd eu gwesty, cyn ac ar ôl y brotest, fore a nos, er i hynny fynd yn llai aml wrth i'r dyddiau redeg yn eu blaenau. Ond go brin fod ots. Doedd ei fam ddim callach eu bod nhw wedi llogi car. Roedd e'n ofalus beth roedd e'n ei ddweud wrthi – roedd gofyn bod – felly beth oedd ganddi i'w ofni? Gallai weld nad oedd lluniau o dyrau'n disgyn ar BBC News a CNN ar y bocs unrhyw funud o'r dydd. A gallai hi fod wedi'i ffonio *fe*. Onid oedd hi'n arwydd addawol na wnaethai?

Na, pwyllodd. Nid echdoe ffoniodd e, cyn echdoe… ni fedrai gofio'n iawn. Bachodd i'w boced am ei ffôn wrth i gadwyn o euogrwydd dynhau yn ei frest. Ond doedd e ddim yno. Rhaid ei fod wedi'i adael yn y gwesty.

Yna gwelodd Rachel yn cerdded i'w gyfarfod ac anghofiodd am ei fam. Ceisiodd ddarllen y neges ar wyneb Rachel.

Roedd hi'n datgelu dim. Cerddodd yntau tuag ati, a chodi'i law i'w hatal hi rhag dweud unrhyw beth.

'Rache, sai'n gwbod a gest ti'r job, neu a gest ti wbod, a sai moyn i ti weud dim byd. Ond wy moyn i ti wbod gynta, os cest ti hi, neu os cei di hi, fydda i wastad 'ma i ti. Sdim raid i fi fennu coleg, fydda i mas 'ma 'da ti... os wyt ti moyn i fi fod.'

Gwenodd Rachel yn ddiolchgar arno a'i gofleidio.

A'i phen ar ei frest a'u breichiau'n dynn am ei gilydd, dywedodd Rachel wrtho ei bod hi wedi cael cynnig y swydd.

20.

Doedd hi ddim wedi bod yn ei gwely. Syllodd John ar ei hochr hi heb olion ei bod wedi cysgu ynddo, a damnio'i hun am ddisgyn i gysgu. Doedd hi ddim mewn unrhyw fath o gyflwr i gael ei gadael ar ei phen ei hun.

Cysgu o ludded a wnaeth, wedi tair noson bron yn ddi-gwsg yn gwrando arni'n mwmian ac yn gwasgu botymau'r ffôn yn ddi-baid, a botymau ei ffôn symudol wedyn, a ffôn symudol John. Doedd dim pall arni, dim blinder, dim ond dal i fynd fel rhywbeth lloerig.

Roedd wedi siarad â Barry Hughes, doctor y teulu, ddwywaith dros y dyddiau diwethaf, ac roedd Barry wedi dweud wrtho am ddod â hi i mewn i'w weld.

'Dyna'r broblem,' meddai John wrtho dros y ffôn. 'Ddaw hi ddim. Dwi'n erfyn arni, a'r cyfan mae hi'n fwydro amdano ydi Siôn, a pam nad ydi o'n ffonio. Tydi hi ddim fel sa hi'n clywad dim byd arall.'

'Ma'n naturiol i famau boeni am eu plant,' meddai Barry da-i-ddim wrtho. Ochneidiodd John a brathu'i dafod. Aeth i weld Barry ei hun y diwrnod cynt ac egluro popeth wrtho, y siarad efo Marged, y ffordd roedd hi'n ofni gadael Siôn o'i golwg. Ond roedd y ffŵl dwl yn amlwg wedi deall dim.

'Oreit,' meddai Barry Hughes wrth synhwyro anfodlonrwydd John, 'gad bethe tan ddydd Iau. Fydd Siôn 'nôl erbyn hynny, ac fe ddyle hi fod yn iawn. Os na fydd hi, der â hi lawr, neu ffona a fe ddof i i'w gweld hi.'

Tridiau. Bodlonodd John ar hynny, gan nad oedd ganddo ddewis ond cytuno. Byddai cael Siôn adre'n bendant o wneud byd o les iddi.

Ond wrth roi'r ffôn yn ôl yn ei grud, roedd wedi gorfod disgyn i'w gadair a rhoi ei ben yn ei ddwylo. Fyddai lliniaru un argyfwng bach nawr – damia Siôn am beidio ag ateb ei ffôn – ond yn rhagarweiniad at argyfwng ychydig yn fwy'r tro nesaf. Neu'n waeth na hynny, at barhau yr un fath, mewn pwll tro o chwarae ar ymylon – colli pwyll, heb ddisgyn yn iawn, dim ond chwarae, herio, a'i chyflwr yn ei dynnu yntau i lawr ac i lawr yn is i ddyfnder y pwll efo hi, heb i'r un o'r ddau ohonyn nhw ddiflannu'n llwyr.

Cododd a gwisgo'i got nos i fynd i chwilio amdani. Ar y landin, gallai glywed lleisiau yn y gegin a daeth rhyddhad drosto wrth ddeall nad hi ei hun yn siarad â hi ei hun oedd y lleisiau, ond Gwenda a hi.

Yn y tacsi a rannodd â Gwenda o'r orsaf wythnos ynghynt, roedd wedi ofni na ddôi Gwenda draw yn ôl ei harfer ar ôl beth ddigwyddodd. Ond gwelodd y diwrnod canlynol a'r dyddiau wedyn nad oedd hi am adael i Lundain darfu ar ei gofal am Mair. Treuliai oriau yng nghwmni'r ddau bob dydd.

Llithrai Mair o un ystafell i'r llall, o un teledu i'r llall, fel ysbryd yn ei chot nos denau, wen a'r gŵn nos oddi tani nad oedd ar John eisiau gwybod pa bryd y cawsai ei golchi ddiwethaf. Fwy nag unwaith, ceisiodd Gwenda ei chymell i wisgo, ond doedd Mair ddim fel pe bai hi'n clywed.

Yr oedd wythnos ers Llundain, yr wythnos anoddaf ym mywyd John, a gwyddai wrth feddwl hynny fod honni'r fath beth yn anfaddeuol. Ond roedd yn wir. Dros y dyddiau cyntaf – wythnosau, os nad misoedd cyntaf – ar ôl i Marged farw, roedd wedi bod yn rhy ddiffrwyth i deimlo'r gwaethaf o drywaniadau galar. Doedd e ddim wedi gallu bod yn ddiffrwyth ar ôl Llundain. Ysai am Gwenda drwy bob cell, nid amdani'n gorfforol er bod hynny yno hefyd, ei breichiau amdano, ei gwar dan ei law, ond yn llwyr, yn waelodol, yn sylfaenol. Ac eto, roedd hi yno, dan yr un to ag e bob dydd – yno i Mair. Dyheai John am gael siarad â rhywun, fel na allod siarad â Mair ers deng mlynedd, a nawr, ers Llundain, doedd Gwenda ddim wedi ymateb i'w e-byst na'i negeseuon testun, er iddo geisio cysylltu â hi drwy gyfeiriad Karen hefyd unwaith. Er ei bod hi yno, yn ei gwmni, doedd hi ddim chwaith.

Roedd wedi ceisio siarad â hi pan alwai hi draw ond roedd ei hamharodrwydd i ildio i'w angen yn derfynol. Yno i Mair roedd hi a dyna fe.

Ac roedden nhw i gyd wedi gorfod bod yno i Mair dros y dyddiau diwethaf, dyddiau tawelwch Siôn, nes bod angen pawb arall wedi mynd ar goll yn y môr o ofid am Mair. Rhaid ei bod hi wedi ceisio ffonio Siôn ddwsinau o weithiau bellach a chael yr un neges bob tro – gadewch neges. Gadawodd gyfres o negeseuon, yn amrywio o'r cymharol bwyllog ond pryderus, i sgrechian anystywallt.

'Ar 'yn ffordd i siopa o'n i,' meddai Gwenda. 'Meddwl y'ch chi angen rhwbeth?'

Dwi dy angen di, meddai John yn ei ben.

'Ddudish i wrth John na fydden i'n galw polîs nes hanner dydd. Bydd hynny'n dri diwrnod a hanner. Mwy na digon o amser i ffonio polîs.' Eisteddai Mair wrth fwrdd y gegin a dau ffôn symudol ac un ffôn y tŷ o'i blaen.

Anwybyddodd Gwenda hi. 'Ddof i â te, siwgwr, gweld bo chi'n rhedeg yn ishel. A cwpwl o focsys sirial. Sdim byd 'da chi ar ôl. A wedyn, falle rof i dipyn bach o addurniade Dolig lan. Ti moyn i'r lle 'ma edrych yn Nadoligedd erbyn i Siôn ddod gatre,' mentrodd. 'Pump dwrnod sy 'na nes Dolig a sdim byd... '

'Na!' gwaeddodd Mair. 'Alla i'm meddwl gneud y fath beth! Jangls drosd y lle, a 'mab i ar goll!'

Daliodd John lygaid Gwenda. Ysgydwodd ei ben, wedi colli pob gobaith. Cododd Gwenda'r ddau fag hesian yr arferai Mair eu defnyddio i siopa o ochr y dreser ac aeth allan.

Teimlodd John ei cholli fel pe na bai e byth yn mynd i'w gweld hi eto. Methai ddeall ei hun yn teimlo felly – byddai yn ei hôl â'u siopa iddynt o fewn yr awr. Nid Mair yn unig oedd yn colli ei phwyll. Ac fe'i trawyd yn sydyn gan ddoniolwch ei sefyllfa. Ychydig dros wythnos yn ôl, roedd e prin yn cydnabod bodolaeth Gwenda, dim ond derbyn ei bod hi'n ffrind i Mair ac yno iddi. Doedd e ddim wedi meddwl amdani mewn unrhyw ffordd arall. Rhyfedd sut mae rhywun yn ddall i'r hyn sydd o dan ei drwyn.

Aeth yn ôl i fyny'r grisiau i siafio a gadael Mair yn

siarad â Marged am yr hyn a ddigwyddodd i Siôn yn Efrog Newydd (sef popeth roedd hi'n bosib i ddynes orffwyll ei ddychmygu'n digwydd i ladd ei mab, a mwy).

Roedd hi'n siarad yn glir, yn gweiddi erbyn i John sychu ei wyneb a'i lygaid coch ar ôl siafio. Ceisiodd wrando i weld oedd hi wedi cael gafael ar Siôn ar y ffôn ac os oedd hi, haleliwia! Teimlai John yn ddig wrth ei fab am adael tridiau heb ffonio a llwyddo i beidio ag ateb ei ffôn. Gwyddai mai methu ei glywed oedd e, am ryw reswm, neu heb ei jarjo, neu fod rhywun wedi'i ddwyn; go brin y byddai Siôn o bawb wedi mentro'n fwriadol i beidio ag ateb galwadau ei fam.

Ond siarad â Marged oedd hi, heb ots ganddi bellach ei fod e'n clywed. Oedd hi hyd yn oed yn ymwybodol ei fod e'n clywed, ei fod e'n bodoli?

Sgin neb syniad, sgin y ddynes 'na ddim syniad...

Gwenda?

Sgynni hi na fo ddim syniad. Cario 'mlaen fatha tasa pob dim yn iawn a finna â mab ar goll? Fatha tasa diawl o ddim byd o'i le, fatha taswn i'n dychmygu 'i fod o ar goll neu wedi marw. Iawn iddi hi, ma gynni hi deulu. Dwi'n gwbod 'mod i'n iawn, Mars. Ddudish i do, ddudish i mai fel'ma fasa'i diwedd hi. Ddudish i na ddela fo 'nôl, y baswn i'n 'i golli fo. Ddudish i a doedd neb yn gwrando.

Torrodd allan i lafarganu'n orffwyll fel un o'r mamau dan eu penwisg mewn angladdau yn y dwyrain canol. Anadlodd John yn ddwfn a chau ei lygaid, ond roedd y sŵn drwy'r tŷ, drwy'i ben yn bygwth ei lorio, ei orchfygu. Sawl trên oddi ar y cledrau y gellid ei gynnwys mewn un tŷ? Lle roedd pen draw gwallgofrwydd? Roedd ei ben yn ffrwydro a'r nadu lawr grisiau fel sgriwdreifar drwy'i benglog.

Methodd ddal rhagor. Lluchiodd y tywel i'r sinc a baglu i lawr y grisiau.

'Cau dy geg! Cau dy geg!'

Roedd e'n gafael yn ei hysgwyddau, yn ei hysgwyd. Am eiliad, tybiodd iddo weld fflach o sylweddoliad, o gallineb, yn llygaid ei wraig. Gadawodd hi'n rhydd a disgynnodd Mair i'w chadair drachefn.

'Gwranda Mair,' ceisiodd bwyllo. 'Ma'n rhaid i ti ddod efo fi at y doctor. Mi adawn ni neges i Gwenda i ddeud, ac mi awn ni rŵan hyn.'

'Sut alli di sôn am betha fel'na, a Siôn ar goll?'

'Tydi o ddim ar goll,' meddai John fel peiriant. Roedd e wedi blino ailadrodd yr un peth.

'Maen nhw allan 'na rŵan yn ceisio dod o hyd iddo fo, ond fedrith o mo'u clywad nhw, mae o wedi *mynd*!'

Gwichiai ei llais yn denau.

Gafaelodd John yn allweddi'r car.

'Ty'd o 'na.' Rhoddodd ei law o dan ei braich i'w helpu i godi. 'Awn ni rŵan hyn.'

Tynnodd hithau'n rhydd.

''Da i ddim i unman. Fyddan nhw yma rŵan i ddeud. Be dwi haws â dianc? Waeth i mi glywad be sy 'di digwydd iddo fo.'

Eisteddodd John gyferbyn â hi. Estynnodd am ei llaw, ond tynnodd Mair hi'n ôl rhagddo.

'Os na ddoi di,' meddai John yn bwyllog ymhen hir a hwyr, 'yna, mi dwi'n mynd.'

'Dos 'ta,' meddai Mair yn ddi-hid.

'*Mynd* mynd,' meddai John i gadarnhau.

'Dos 'ta,' meddai Mair yr un mor ddi-hid.

'Wnes i erioed feddwl, ddim tan yn ddiweddar, y byswn i'n deud hyn, ond fedra i ddim diodda rhagor.'

Daliodd y geiriau olaf yn ei lwnc wrth iddo ymladd dagrau.

'Ti, ti, ti, a ma Siôn allan fan'na mewn peryg!'

'Fedra i ddim parhau i wrando arna chdi'n mwydro, ac yn siarad efo Marged. Sgin ti ddim syniad cymaint ma hynny'n brifo.'

'Marged ydi'r unig un sy'n dallt. Mae hi 'di bod drwo fo, a mae hi'n gwbod.'

'Dwi'n dy adael di, Mair. Mi oedd amsar i fod i wella petha, ond dwi 'di blino aros iddo fo roi unrhyw arwydd 'i fod o'n mynd i neud hynny.' Oedodd, a syllu arni. 'Wyt ti'n dallt be dwi'n deud wrtha chdi?'

'Stopia siarad am betha sy ddim yn bwysig a bywyd Siôn yn y fantol!'

Cododd ar ei thraed gan ddymchwel y gadair. Gosododd John ei ddwylo ar y bwrdd i atal hwnnw rhag dymchwel hefyd.

'Dwyt ti ddim fatha tasa chdi'n cofio bo *gin* ti fab!' edliwiodd hithau.

'Ma Siôn yn berffaith iawn,' meddai John fel peiriant drachefn. 'Chdi sy ddim.'

Dechreuodd Mair nadu crio unwaith eto.

'Mae o'n farw gorn fatha cefndar Sharon gafodd 'i ladd yn y bom, a neb yn fodlon gwrando ar 'i fam o'n deud bod o yn Llundain, bod hi'n 'i deimlo fo'n 'i gadael hi.'

Doedd dim affliw o bwynt ceisio rhesymu â hi, sylweddolodd John.

Deud wrtho fo, Mars.

Dechreuodd Mair fwmian eto, ond roedd ei geiriau hi'n glir i John. Rhoddodd yntau ei ben yn ei ddwylo a bu'n frwydr iddo gael y geiriau allan.

'Dwi wedi cwarfod dynas arall.'

'Do, do. Gwbod yn iawn. Deud Mars, deud wrtho fo bo chdi'n gwbod yn iawn be ydi'i gêm o, cwarfod hwrod, dyna ydi'i gêm o, ond dwi'n deud dim, deud dim, deud dim. Dy fab heb 'i gladdu eto ac mi wyt ti'n cwna hyd y lle 'ma. Synnwn i ddim mai chdi ydi'r tad.'

'Tad pwy?' Gwyddai ei fod e'n ffŵl yn holi.

'Tad babi Shirley Compton. Ma Marged yn gwbod, mae'n gwbod pob dim, mae'n gwbod am Siôn.'

Rhythodd John arni a rhedodd ias i lawr ei gefn. Er ei fod yn gwybod ers amser nad oedd hi'n ei hiawn bwyll, roedd ei chlywed hi'n drysu rhwng stori a bywyd go iawn mor amlwg, heb fod yn ymwybodol o gwbwl ei bod hi'n gwneud hynny, yn ei ddychryn. Fedrai byth â'i gadael hi tan ddydd Iau, byddai'n rhaid iddo ffonio Barry heddiw.

Lle oedd Siôn – y cythraul dwl – na fyddai'n llwyddo i jarjo'i ffôn a blydi ffonio?

Daeth Gwenda i mewn drwy ddrws y cefn a gollwng dau lond bag o siopa ar lawr wrth y sinc.

'Rof i nhw gadw,' meddai. 'Shwt ma hi 'ma?'

Ysgydwodd John ei ben arni eto. Edrychodd Gwenda arno'n hir. Roedd hi am afael amdano, am ddod â lliw 'nôl i'w wyneb, a'i gysuro. Ond wnâi hi ddim.

'Dwi wedi deud wrthi fod 'na rywun arall,' meddai wrth Gwenda.

'Pwy?' meddai Gwenda yn ei syndod.

'Nesh i ddim deud pwy,' meddai John gan rythu'n syth o'i flaen.

Doedd Mair ddim fel pe bai hi'n sylwi beth bynnag.

Mwydro am bob dim heblaw be sy'n bwysig, Mars. Rwtsh, rwtsh, rwtsh am bopeth 'blaw Siôn.

Yna, fe ganodd un o'r ffonau oedd ganddi o'i blaen. Trawyd y tri fel pe bai bollt o fellten wedi torri mewn i'r gegin. Bachodd John am ffôn y tŷ ar y bwrdd o flaen Mair.

'Siôn? Lle ffyc wyt ti wedi bod?'

'Sori, Dad. Sori! Oedd y ffôn yn y cês a heb 'i jarjo. Anghofies i. Nawr wy'n gweld bo chi wedi bod yn ffono. Odi popeth yn iawn?'

'Ma dy fam yn mynd off 'i phen,' dechreuodd John, gan sylweddoli pa mor annigonol oedd hynny'n swnio. Torrodd i lawr i chwerthin a chrio ar yr un pryd gan mor normal y swniai'r gosodiad.

Bachodd Mair y ffôn o'i law.

'Siôn? Siôn! Siôn! Ti'n *fyw!*' trwy ddagrau gorfoledd.

'Wrth gwrs 'ny.'

Gwyliodd Gwenda a John hi'n sgwrsio drwy ei chrio a'i chwerthin. Estynnodd Gwenda hances i John sychu ei lygaid.

Swniai Mair yn weddol rhesymol erbyn hynny, gan fod y pwysau a fygythiai chwalu ei phen wedi codi. Roedd yn fyw!

'Ty'd adra!' ailadroddai hyd syrffed.

'Wy'n dod adre,' meddai Siôn fel pe bai'n siarad â phlentyn. 'Dwrnod ar ôl y dwrnod ar ôl fory.'

'Ty'd heddiw,' mynnai Mair.

'Na 'naf, wir,' chwarddodd Siôn yr ochr arall. 'Dydd Iau ma'r ffleit. Gobeitho bod y twrci'n un mawr.'

Yna, daeth yr alwad i ben. 'Ta-ta, ta-ta, ta-ta, cym ofal, cym ofal, cym ofal,' gofalodd Mair ailadrodd deirgwaith rhag i'w rhybudd golli ei rym yn erbyn y grymoedd mwy oedd yn ei bygwth. Bu'n rhaid i John wasgu'r botwm ac ymdrechu i dynnu'r ffôn o'i llaw ond roedd gwên ar wyneb Mair.

'Gwenda,' meddai. 'Stedda. Ma Siôn yn fyw!'

Eisteddodd Gwenda.

'Oedda chdi isio deud rwbath, rwbath pwysig medda chdi,' trodd Mair at John.

Edrychodd John a Gwenda ar ei gilydd.

'Isio ti fynd i weld doctor,' meddai'n ddistaw wrth Mair.

Rhythodd Mair arno am eiliadau. Yna, dechreuodd

chwerthin dros y lle. Cododd a gwasgu botymau'r
popty ping er nad oedd dim byd ynddo.

'Mae o'n dod adra, cofiwch! Mae o 'di ca'l gwarad ar
y drygs. 'Di gadael rheini yn America. Ac mae o'n dod
adra ata i ac at Marged. Da 'de?'

21.

Agorodd y drws i John.

'Ti'n barod?' holodd yntau.

'Ddim cweit,' meddai Gwenda wrth arwain John drwodd i'r gegin. ''Na di baned, wy'n gorffen y llythyr 'ma.'

'I'r tiwtor?' holodd John gan droi'r tap i lenwi'r tegell.

Roedd hi wedi bod yn pendroni dros y llythyr ers awr, a fawr nes at y lan. Rhoi gwybod iddo'i bod hi'n rhoi'r gorau i'w haseiniad oedd y bwriad. Roedd hi wedi methu gwneud dim i helpu Mair. Oedd, roedd hi wedi arsylwi, wedi nodi, wedi dehongli, wedi dadansoddi fel roedd disgwyl iddi ei wneud mewn aseiniad. Ac i be? Roedd Mair lle roedd hi yr un mor sicr â phe bai Gwenda heb erioed ystyried ei defnyddio hi.

A thrwy'r llithriad, y cymhlethu ar y stori, gyda John, roedd Gwenda'i hun wedi mynd yn rhan o stori Mair.

'Peth yw,' ochneidiodd Gwenda a rhoi ei phen yn ei dwylo, 'sai'n gwbod beth wy moyn neud. Cario 'mla'n 'da'r cwrs, cario 'mla'n 'da 'ngwaith, paco 'nghês a mynd i fyw i Tibet...'

Gwenodd John arni a dod â dau gwpan at y bwrdd.

Doedd hi ddim wedi cysgu gydag e wedyn, ers Llundain. Digwyddodd pethau'n sydyn i Mair yn y diwedd. Yr un diwrnod â'r alwad ffôn gan Siôn, fe ddaeth y doctor, a barnu'n syth mai ar ward iechyd meddwl ddylai Mair fod.

Bu Mair yno ers wythnos, gan waethygu'n ddyddiol, tra'u bod nhw'n ceisio dod o hyd i'r cyfuniad iawn o gyffuriau. Roedd gofyn iddi fynd yn waeth cyn dod yn well, yn ôl un o'r doctoriaid oedd yn ei thrin. Ond i Gwenda, swniai hynny braidd fel esgus dros eu hanallu nhw hyd yn hyn i ddangos unrhyw arlliw eu bod nhw'n mynd i'w gwella.

Rwy'n rhan o stori Mair mewn ffordd na ddychmygais fyddai'n digwydd, ysgrifennodd Gwenda i orffen ei llythyr at ei thiwtor.

Pa hawl sy gen i felly i ddatgan lle mae ffiniau ei realiti hi'n gorffen a ffiniau ei rhith yn dechrau? Yn wir, a oes gan yr un ohonon ni hawl i ddatgan beth sy'n stori a beth sy'n wir?

'Ga i ddod efo ti?' holodd John, a chododd Gwenda ei phen. 'I Tibet.'

Roedd yn gofyn fel pe bai o ddifri. Gwenodd Gwenda arno.

'Cei, ond fydd ishe jympyr gynnes arnot ti.'

Brysiodd i orffen ei llythyr – roedd hi wedi treulio llawer gormod o amser yn pendroni drosto.

Wedi'r cyfan, dim ond rhithiau yn straeon ein gilydd ydyn ni i gyd, onide?

Teipiodd ei henw'n sydyn a chau'r gliniadur, cyn codi i roi cusan gyntaf Gwenda i John.

22.

Petha da ydi'r ddau ar draws y ffordd i mi. Gwneud 'u gora drosta fi a finna'n weddw. Siopa drosta fi, mynd i cemist. Does 'na ddim llawar fysa'n gneud.

Ac ers i fi ddod i fama i fyw, maen nhw'n dal i alw heibio i 'ngweld i a Sylvia yn yr hotel 'ma. Fi a Sylvia a Mars. Ni'n tair sy'n cadw'r lle a ma gynnon ni lond gwlad o staff bach da yma hefyd. Does neb yn gorfod aros yn hir am 'i ginio.

Nesh i ddim dal 'u henwa nhw, y ddau sy'n byw draws lôn i lle o'n i arfar byw. Ma rwbath yn gyfarwydd amdanyn nhw ond fedra i ddim rhoi 'mys arno fo. Mi fydd raid i fi holi Marged, mae hi'n nabod pawb.

Ma Dennis Horton yn aros 'ma weithia hefyd. Mae gynnon ni stafall 'dan ni'n gadw'n arbennig ar ei gyfar o. Del ydi o hefyd. Dwi'n fflyrtio lot efo fo, a Sylvia'n deud wrtha i am beidio. Ond dwi'n siŵr mai cenfigen sy wrth wraidd hynny hefyd. Sa reitiach iddi gadw trefn ar 'i mab.

Un dda ydi Marged, bob amser hefo fi. Fysa hi byth yn 'y ngada'l i, beth fach. Ddoth y ddau draws lôn â rhywun efo nhw i 'ngweld i ddoe. Does gen i ddim syniad pam. Ryw Sam neu Siôn neu rwbath ddudon nhw. Ella bod o'n fab iddyn nhw, duw a ŵyr. A ddaethon nhw â pheth wmbrath o lunia nad oeddwn i damaid o isio'u gweld go iawn, ond mi es i drwy'r moshiwns er mwyn bod yn gwrtais.

Llunia o America, os gwelwch chi'n dda! Efrog Newydd

a bod yn fanwl gywir. A llun yr S-be-bynnag 'ma a rhyw hogan arall nad oedd golwg rhy dryst arni o gwbwl yn pôsio fatha mwncwn yn bob un – neu un neu'r llall yn pôsio, a rhyw lond llaw o rei o'r ddau. Deud bod nhw'n symud i fyw i America, fatha tasa'm digon o Iancs yn y byd 'ma.

Wedyn, mi aeth y ddau, Mr a Mrs-draws-ffor, a deud fysan nhw'n dod 'nôl 'ma i 'ngweld i fory. Lwyddais i i gadw 'ngheg ar gau rhag deuthan nhw am beidio boddran, Mars. Llunia be fydd gynnon nhw nesa i siarad rybish amdanyn nhw, dyn a ŵyr.

Be nei di hefo pobol, Mars? Meddwl bo gynna chdi rithyn o ddiddordeb yn 'u busnes nhw, a chditha â llond gwlad o betha gwell i neud na siarad.

Gwae Hi o'i Thynged
Hi Hen, eleni y'i ganed

Annwyl
Smotyn Bach

nofel gan
Lleucu Roberts

y Lolfa

£5.95

DERYN GLÂN I GANU

Sonia Edwards

yLolfa

£5.95

Sara Ashton

y Lolfa

Mari Wyn

£5.95

Am restr gyflawn o nofelau cyfoes Y Lolfa,
mynnwch gopi o'n catalog newydd, rhad
neu hwyliwch i mewn i'n gwefan

www.ylolfa.com

lle gallwch archebu llyfrau ar lein

TALYBONT CEREDIGION CYMRU SY24 5HE
ebost ylolfa@ylolfa.com
gwefan www.ylolfa.com
ffôn 01970 832 304
ffacs 832 782